Chaddanta

Die Anvertrauten

Für Doris

Chaddanta

Die Anvertrauten

Der vorliegende Roman ist eine Dystopie und daher seinem Wesen nach fiktiv.
Die Protagonisten wie auch die Handlung sind frei erfunden.
Ähnlichkeiten mit lebenden oder verstorbenen Personen sind
zufällig.

Lektorat
Firma SAMO s.r.o.
firmasamo@googlemail.com

Satz/Umbruch, Bildbearbeitung, Umschlaggestaltung
libergraphix
www.libergraphix.de
info@libergraphix.de

Fiat iustitia, ruat caelum

Tagebuch-Eintragung

Es ist jetzt ein Jahr her, daß ich den Sprung in die Selbständigkeit wagte und meine eigene Praxis eröffnete. Ich weiß noch, wie ich im Möbelhaus die beiden bequemen Ledersessel aussuchte, welche jetzt ganz sichtbar diesen Raum dominieren. In einem sorgfältig bemessenen Abstand sollten sie sich gegenüber stehen, so daß sowohl mein Patient als auch ich selbst fest verortet sein würden und somit keine Möglichkeit hätten, einer Frage, einem Problem oder irgendeiner, wie auch immer gearteten Konfrontation auszuweichen. Immer noch schmücken ausschließlich die beiden Zeichnungen *Heidelberger Örtlichkeiten* – der Alten Brükke sowie der Schloßruine – die Wände. In der Ecke links jenes Sessels, auf welchem meine Patienten zu sitzen pflegen, steht auf einem kleinen Holztisch die Bronzestatue *Der Lenker der Rosse*. Ich habe sie nicht nur aus ästhetischen Gründen so im Raum plaziert. Immer wenn einer meiner Patienten sein Temperament und dessen Schwankungen beklagt oder seine ungestümen Gefühle nicht mehr in den Griff bekommt, verweise ich auf diesen Fahrer eines antiken Streitwagens, welcher die Zügel nie aus der Hand gibt. Im Rücken des Analysanten steht die imposante Bücherwand mit der Gesamtausgabe C. G. Jungs, zahlreichen Nachschlagewerken und allerlei Fachliteratur, welche sich über die Jahre meines Studiums und meiner Berufstätigkeit angesammelt haben. Meine Selbständigkeit entbindet mich endlich von systemischen oder gar hypnotischen Therapieansätzen, wie sie in der Klinik, in welcher ich zuvor gearbeitet hatte, gebräuchlich waren. Ich kann jetzt jene Methodik einsetzen, die ich über die Jahre hinweg selbst entwickelt habe, ohne dafür Kritik befürchten zu müssen. Und ich bin in der Lage, mir meine Patienten auszusuchen. Das ist mit das Wichtigste in meinem Beruf. Jeder Zahnmediziner kann jeden Zahn ziehen. Der eine mag mehr Geschicklichkeit an den Tag legen als der andere, beim einen mag es mehr schmerzen als beim anderen, aber das ist und bleibt von untergeordneter Bedeutung. Meine Profession ist grundsätzlich anders. Sie setzt eine Disposition des Patienten voraus, die mir entgegenkommt. Bei manchen ist sie von Anfang an nicht gegeben, und ich muß die Behandlung ablehnen. Bei anderen zeigen sich erst nach einiger Zeit unüberwindliche Widerstände, und ich breche die Therapie dann unter einem Vorwand ab. Selten ist meine Arbeit langfristig gänzlich ohne Erfolg, aber auch nur in wenigen Fällen gelingt mir ein wirkliches Meisterstück. und die seelischen Probleme eines Menschen lösen sich in Nichts auf. Trotzdem wurde mir heute einmal mehr bewußt, wie sehr es mich mit Befriedigung erfüllt, anderen Menschen zu helfen.

Tagebuch-Eintragung

Ich habe mir diesen Sonntag Zeit für einen Besuch in meiner Geburtsstadt genommen. Der Anlaß ist der Einbau eines neuen Heizöltanks in dem Mehrfamilienhaus, in welchem ich die ersten elf Jahre meines Lebens aufwuchs, und welches inzwischen mir gehört. Mehr als sechzig Jahre sind vergangen, seit mein Großvater es erbauen ließ und knapp zwanzig Jahre, seit meine Mutter es mir als Schenkung übertrug. Der Nießbrauch liegt immer noch bei ihr. Da sie im Ausland lebt und der Immobilienverwalter im Urlaub ist, begutachte ich den neuen Tank selbst. Der Garten gehört zur Wohnung im Erdgeschoß, deshalb spreche ich dem Mieter eine kurze Benachrichtigung auf seinen Telefonbeantworter. Er ist Zahnarzt, und das Verhältnis zu ihm, wie auch zu den anderen Bewohnern, ist unkompliziert. Über die Kellerräume gelange ich durch den überdachten Bereich mit den Wäscheleinen in den Garten. Den kleinen, umzäunten Pool wollte ich schon lange zuschütten lassen. Als Kinder ließen wir an heißen Sommertagen manchmal Wasser ein. Das war immer ein besonderer Spaß, aber schon am nächsten Tag fischten wir mit unserem Schmetterling-Netz allerlei Getier aus dem Becken und fingen an, uns zu ekeln. Ich beschließe, mich mit dem Dentisten zu beraten. Eventuell könnte man auch einen Teich anlegen, wenigstens wenn er Interesse an

Fischen oder Seerosen hat. Bei meinem letzten Besuch war der untere Teil der Stahltür zum Raum mit dem Heizöltank durchgerostet gewesen. Inzwischen ist ohne mein Wissen eine neue Tür eingebaut worden, für welche ich keinen Schlüssel besitze. Mein Besuch war also umsonst gewesen. Ärger über den Verwalter steigt in mir auf, wie einzelne blubbernde Blasen giftiger Dämpfe an der Wasseroberfläche eines Geysirs. Aber diese inneren Disharmonien legen sich schnell wieder, und ich sehe mich im Garten um. Vieles ist noch genauso wie in meiner Kindheit: der japanische Kirschbaum etwa oder der Haselnußstrauch an der Grenze zum nachbarlichen Grundstück. Andrea hatte hier gewohnt und manchmal mit mir gespielt, obwohl sie schon etwas älter gewesen war. Ich kann mich nur noch schattenhaft an sie erinnern und würde sie auf der Straße sicherlich nicht mehr erkennen. Ich frage mich, was aus ihr geworden ist. Da ist eine spürbare Verbundenheit zwischen diesem teilweise verwilderten Garten, seinen Menschen und mir. Es ist eine völlig andere Beziehung als jene zwischen mir und meinen Patienten. Sie wurde nie gezielt herbeigeführt und war keinem dienstbaren Zweck unterworfen. Gerade deshalb erscheinen mir diese Dinge plötzlich so schicksalhaft und wertvoll. Sie wurden mir zu einer Zeit mit auf den Weg gegeben, zu welcher ich ihre Bedeutung noch gar nicht einschätzen konnte. Wer gibt diese frühen Prägungen, Freuden, Überraschungen sowie Enttäuschungen mit auf den Weg? Von meinem atheistischen Standpunkt aus der schiere Zufall. Ein religiöser Mensch würde hingegen eine göttliche Fügung vermuten. Eigentlich spielt es keine Rolle, dieses Gefühl zu hinterfragen. Oder vielleicht doch? Möglicherweise läßt sich die Verwurzelung erst im Zusammenhang mit ihrer Genese sinnvoll einordnen. Ich beschließe, meiner ehemaligen Grundschule noch einen Besuch abzustatten. Auf dem Weg dorthin komme ich an der ehemaligen Stadtbücherei vorbei. Wie so viele andere öffentliche Einrichtung ist sie geschlossen worden. Heutzutage fehlen dafür die finanziellen Mittel. Genaugenommen „fehlen" sie eigentlich nicht, sie werden nur gemäß einer anderen Priorität eingesetzt. Dabei leben in diesem Stadtteil noch viele Menschen, die deutsch sprechen. Ich werfe einen kurzen Blick durch die Glastür, und mir fällt ein, wie die geduldige Bibliothekarin uns Schüler wiederholt mit mahnenden Worten aus dem Erwachsenenbereich zu verweisen pflegte. Von verbotenen Büchern geht auf viele Menschen eine magische Anziehung aus. Eventuell hängt dies auch mit solch biographischen Erlebnissen zusammen. Wenige Meter weiter befindet sich mein ehemaliger Schulhof. Heute ist er naturgemäß verwaist. Die vier Sitzbänke, die wir immer als Tore beim verbotenen Fußballspiel mit einem alten Tennisball benutzt haben, stehen noch genauso da wie vor drei Jahrzehnten. Einmal hat der Hausmeister den Ball an sich genommen, mit einem Messer hinein gestochen und ihn in einem Müll-Container nahe der Turnhalle entsorgt. Wir haben ihm das damals übel genommen. Dabei hatte er eine fast unerschöpfliche Geduld bewiesen, wenn es darum ging, jene kegelförmigen Milchkartons aufzusammeln, welche wir, einmal leer getrunken, wie kleine Pyramiden auf den Boden stellten und mit einem lauten Knall zertraten. Jenseits des Sportplatzes sehe ich die stacheldrahtbewehrten Mauern der zur damaligen Zeit von US-Soldaten genutzten Kaserne. Als meine Großmutter väterlicherseits an Krebs erkrankt war, besuchten wir, das heißt mein Bruder, meine Mutter und ich, sie fast täglich mit unseren Fahrrädern. Der Weg führte an jenem Teil der Kaserne vorbei, der nicht durch eine Mauer, sondern nur durch einen hohen Maschen-Draht von der Öffentlichkeit abgegrenzt war. Dahinter spielten junge Männer in Kampfanzügen Baseball, und wenn wir drei wie eine kleine Entenschar vorbeizogen, dann wurde das Spiel nicht selten unterbrochen. Lachend und johlend stemmten sich einzelne gegen den Zaun und riefen uns auf Amerikanisch Anzüglichkeiten und allerlei Mehrdeutiges hinterher, das meine Mutter mit unbeirrtem Blick ignorierte und wir beiden Brüder zur damaligen Zeit noch nicht einordnen konnten. Kürzlich schnappte ich irgendwo ein Zitat auf: Heimat sei dort, wo man sich nicht erklären müsse. Ich hatte längere Zeit über diesen Satz nachgedacht, und meine Zweifel ließen sich nicht ausräumen. Ein unbeschränktes Hausrecht hatten wir zu dieser Zeit schon aufgrund dieser fremden Soldaten nicht gehabt. Vielleicht war Heimat eher etwas Verborgenes, das eigentlich nur für einen selbst galt. Der

Heimat fehlt die Mitteilbarkeit. Sie bleibt in tiefen Schichten der Kindheit vergraben und läßt sich als Gefühl allenfalls erahnen.

Traumaufzeichnung

Erster Traum: *Ein Verkehrsschild signalisiert radioaktive Strahlung.*

Zweiter Traum: *Ich begegne einer schwarz gekleideten Frau, die einen Rosenkranz betet.*

Dritter Traum: *Ich sehe mich in einem grotesken Kostüm gekleidet. Besonders die kniehohen, purpurfarbenen Strümpfe fallen mir auf.*

Der erste Traum signalisiert eine unsichtbare Gefahr. Das Symbol des Rosenkranzes mußte ich in meinem Traumlexikon nachschlagen. Es prophezeit Kummer und Leid. Darauf deutet auch die mediterran wirkende Witwe hin. Der dritte Traum paßt nicht zur Traumserie. Normalerweise deutet solch eine Traumsequenz auf ein vorschnelles Urteil über einen anderen Menschen hin.

Tagebuch-Eintragung

Heute Abend klingelte es an meiner Tür, und als ich öffnete, stand Frau Oppermann vor mir. Sie wirkte traurig, obwohl sie zu lächeln versuchte.
„Wir müssen gehen", sagte sie ohne Umschweife. „Und ich wollte noch den Schlüssel zurückbringen."
Nach meiner Scheidung hatte sie mir viel im Haushalt geholfen. Gegen Bezahlung natürlich, aber zeitweilig hatte sie sich fast aufgeopfert. Sie und ihr Ehemann waren ehrliche Menschen, verläßlich und in jeder Hinsicht vertrauenswürdig.
„Sie ziehen weg von hier? Und das so plötzlich?"
„Ja, im April kam von der Stadt die Kündigung. Uns wurde gesagt, in drei Monaten müsse das Haus geräumt sein."

„Und wer wird nun dort einziehen?"

„Niemand. Das Haus wird abgerissen, das Nachbargebäude übrigens auch. Sie kennen ja die Krothes. Die müssen auch weg von hier."

„Ich verstehe nicht. Warum werden denn die Behausungen abgerissen?"

„Das ist wegen der Flüchtlinge. Das Grundstück gehört der Gemeinde. Hier werden für die Ankömmlinge neue Heime gebaut. Wir selbst werden mit den Kindern in einer Altbauwohnung untergebracht."

Monatlich kommen zur Zeit Hunderte von Migranten in unserer Stadt an. Die örtliche Behörden können gar nicht anders, als für die Zugeteilten Platz zu schaffen, und sie beginnen bei jenen, die sich am wenigsten wehren können. Der alte Oppermann hatte seine Stelle als Stellwerker bei der Bahn vor Jahren verloren und lebt seither mit seiner sechsköpfigen Familie von der Sozialhilfe und Gelegenheitsarbeiten.

„Haben sie bei der Stadtverwaltung nicht Einspruch erhoben? Sie wohnen doch dort schon seit mehr als zehn Jahren."

„Es hat nichts genutzt. Ich habe den kleinen Garten so sehr geliebt."

Sie zuckt mutlos mit den Schultern und reicht mir ein Stück Papier. „Das ist unsere neue Adresse. Wir würden uns freuen, wenn Sie wieder einmal Arbeit für uns haben."

Es ist die Unterschicht im Land, die sich herumschubsen lassen muß. Sie ist diesem Staat auf Gedeih und Verderb ausgeliefert. Vor wenigen Tagen hatte sich der Bürgermeister in der Lokalpresse für sein Engagement für die Integration der Einwanderer feiern lassen. Von den Oppermanns und Krothes war da keine Rede gewesen.

Nachbetrachtungen zur Sitzung mit Monika Z.

Im Mittelpunkt der heutigen Konsultation stand Z.'s Schilderung eines Freibad-Besuches zusammen mit ihren beiden jüngeren Söhnen. Es war auffallend, wie sie diese unspektakuläre Freizeitgestaltung in allen Details erinnerte. Sie gab die Eintrittspreise auf den Cent genau an, benannte den Firmennamen des diensthabenden Wachdienstes und wußte die Öffnungszeiten des Bades an Werk- wie auch an Sonn- und Feiertagen anzugeben. Während ihre Kinder sich ganz unbefangen in das sommerliche Treiben einbrachten, widmete Z. ihre Aufmerksamkeit vor allem der soziologischen Situation und kontrastierte diese mit ihren eigenen Kindheitserinnerungen. Wir begannen darüber zu diskutieren, warum es in früherer Zeit in Freibädern keiner Wachdienste bedurfte. Die Patientin erklärte, daß der hohe Anteil muslimischer Männer unter den Badegästen diesen Schutz notwendig mache. Sie will schon kurz nach dem Betreten den Freibades beobachtet haben, wie Gäste aus dieser Bevölkerungsgruppe die „strategisch wichtigen Positionen" der Badeleitern besetzt hielten. Außerdem äußerte Z. hygienische Bedenken gegenüber sogenannten Burkinis, also religiös motivierten Ganzkörperbadeanzügen muslimischer Frauen. Wiederholt beklagte sie das Fehlen eines Bademeisters. Z. räumte ein, daß sie sich in ihrer Jugend auch oft mit Freundinnen an einem Baggersee verabredet hatte, der offiziell gar nicht zum öffentlichen Schwimmbetrieb zugelassen war. Die Person des Bademeisters gehörte somit nicht zwingend zu ihrer Erfahrung eines Badebetriebes. Wir vertieften die Frage nach der psychologischen Bedeutung des Bademeisters für die Patientin persönlich. Z. sah in dieser Person eine interkulturelle Institution, deren Präsenz für sie verbindliche soziale Regeln im Umgang unter den Besuchern garantierte. Die schwer zu vereinbarenden kulturellen Normen zwischen den zugewanderten und den angestammten Badegästen beunruhigten die Patientin. Ihre Beunruhigung verdichteten sich in der Sehnsucht nach einer Sicherheit gewährenden, überparteilichen Instanz. Während der Sitzung war mir selbst die eher negative Konnotation des Bademeisters aus meiner Schulzeit bewußt. Ich sah in ihm einen eher wenig qualifizierten Ordnungshüter, wobei es bei seiner damaligen Ordnungsfunktion eher um die Einhaltung von Vorschriften als um die Schlichtung von Konflikten ging. Z.'s gemeinsamer Besuch des Freibades mit ihren zwei Söhnen rief mir auch eine unangenehme Situation aus meiner Kindheit in Erinnerung. Da das städtische

Schwimmbad in erheblicher Entfernung zu meiner Grundschule lag und keine geeigneten Busverbindungen bestanden, arrangierte die Elternschaft mit ihren Privatautos einen Fahrdienst. Nach dem Schwimmunterricht kam eine der Mütter in die Umkleide der Jungen und verweilte dort ohne erkennbaren Grund, bis einer der Knaben sie schließlich zum Verlassen des Raumes aufforderte. Dies deckt sich mit der übertriebenen Fürsorge der Patientin gegenüber ihren Kindern. Natürlich ist der eigentliche Grund ihres Verlangens nach einem Bademeister die Sehnsucht nach einer Vaterfigur. Ich werde ihr in den kommenden Sitzungen einen ungezwungeneren Umgang mit ihren Kindern nahelegen. Sie sollte zudem versuchen, mit gesellschaftlichen Veränderungen, welche sie ohnehin nicht aufhalten kann, konstruktiver umzugehen.

Tagebuch-Eintragung

Eine kollektive Trunkenheit verbreitet sich angesichts der in immer größerer Zahl eintreffenden Flüchtlinge im Land. Sie begrüßt das Fremde unbesehen seiner Absichten, Motive und Instinkte. Es ist ein gönnerhafter Rausch, der gerade deshalb so spendabel daherkommt, weil es sich fast ausschließlich um gemeinschaftlichen Besitz handelt, der verschenkt wird. Den Angetrunkenen fehlt es daher an und ab auch an der gebotenen Zurückhaltung im Umgang mit den Begünstigten. Man scheut nicht davor zurück, sich aufzudrängen. Es ist eine ungleiche Party mit mehr oder weniger besoffenen Gastgebern und ungebetenen Gästen, welche sich mit ihren Hausherren nur ungern gemein machen wollen. Sie bleiben nüchtern und wissen, was sie wollen. Ihre Pläne gehen weit über die bloße Begrüßung hinaus. Sie sind gekommen, um zu bleiben und das kann sehr lange dauern. Vielleicht fühlen sie sich von den befremdenden Umarmungen und dem überschwenglichen Salut auch abgestoßen. Ein Gläubiger mit seinem Katalog von Forderungen unter dem Arm wünscht nicht, daß die Masse ihm Münzgeld zuwirft. Und überhaupt, eigentlich waren vorgängig gar keine Einladungen versandt worden, so wie sich das gehört. Es hatte zwar eine Art Ankündigung gegeben, die in etwa lautete, da sei „noch so viel Platz", aber die Gäste hatten selbst einen Fuß in die Tür stellen müssen, und das haben sie nicht vergessen. Es ist also ein eigenwilliges Schauspiel, das sich in aller Öffentlichkeit vor mir abspielt. Dazu gehört auch, daß es weder einen vorab bestimmten Anfang noch ein absehbares Ende hat. Schärft man seine Sinne, dann bemerkt man schnell, daß die nimmermüden Gastgeber längst nicht mehr so alkoholisiert sind, wie sie vorgeben zu sein. Vom dionysischen Taumel ist wohl nur noch ein wohliges Schwindelgefühl geblieben. Trotzdem würde es keiner von ihnen wagen, die Musik ausklingen zu lassen, denn das wäre der Moment, in welchem allen bewußt würde, daß keiner der Gäste je dazu getanzt hatte.

Traumaufzeichnung

Erste Traumsequenz: *Ich stehe in einem Personenaufzug, der hinunter fährt. Mir fällt auf, daß die einzelnen Stockwerke auf der Leiste mit den Knöpfen nicht mit Zahlen. sondern mit Buchstaben beschriftet sind.*

Zweite Traumsequenz: *Ich befinde mich in jenem katholischen Kindergarten, der einst zusammen mit einem Waisenhaus von Nonnen geführt wurde. Ein blondes Mädchen tritt an mich heran und erklärt mir, daß ihre Mutter sie heute abholen werde. Sie sagt dies auf eine sehr naive Art und lächelt hoffnungsvoll dabei. Irgendwie weiß ich, daß es so nicht sein wird, aber es ist unmöglich für mich, ihr das zu sagen.*

Der erste Teil des Traums symbolisiert meinen Weg in die unteren Schichten des Unbewußten. Der zweite Teil steht in Verbindung mit einem Tagesrest. Eine Patientin hatte mir gestern von ihrer Schulzeit in einem Nonnenkloster erzählt. Die Begegnung mit den Ordensschwestern sei einer der Gründe dafür, warum sie mit der Kirche nichts mehr zu tun haben wolle, erklärte sie. Das gefühlsbetonte Auftreten des Mädchens im Traum läßt jedoch vermuten, daß mehr dahinter steckt. Es geht offenbar um eine enttäuschte Hoffnung, die ich mir noch nicht eingestehen will.

Tagebuch-Eintragung

Heute Nachmittag war ich mit Bernhard Joggen. Wir fuhren in seinem Wagen zum Sportplatz. Als Anwalt kommt er kaum ohne Auto aus. Dabei ist er finanziell mehr als klamm. Mandanten ohne Rechtsschutzversicherung lehnt er neuerdings generell ab. Wir laufen fünf Runden auf der Aschenbahn. Bernhard nimmt jeweils unsere Zeit, notiert sie in einem Notizbuch und vergleicht die Werte miteinander. Er war bisher immer der Sieger.

„Du bist heute Deine zweitschlechteste Zeit gelaufen", sagt er ernst. „Nur im Mai vergangenen Jahres warst Du noch langsamer."

Wir sind beide längst in einem Alter, in welchem die exakte Messung der körperlichen Leistung überflüssig wäre. Aber es gehört für Bernhard eben dazu, und deshalb sage ich nichts.

„Laß uns in die Klause gehen!" schlage ich vor.

Ich profitiere von den Begegnungen mit Bernhard. Er gibt mir kostenlos juristische Ratschläge und unterhält mich mit kuriosen Geschichten aus dem sozialen Milieu seiner mittellosen Mandanten.

„Ich habe Dir doch von dem Mann erzählt, den ich in einer Mietrechtsangelegenheit vertrete."

„Du meinst jenen, dem nach einem Aufenthalt in der Psychiatrie die Wohnung gekündigt wurde."

Ja, genau. Er hat mich anläßlich der Besprechung unserer Prozeßstrategie zu sich nach Hause eingeladen. Als er die Tür öffnete, stand er in einem blütenweißen Anzug vor mir. Er bat mich, Platz zu nehmen und setzte sich an den Flügel. Das Klavierstück habe er selbst komponiert, erklärte er mir. ‚Nur für Akademiker', wie er betonte."

Ich muß lächeln. Bernhard kann stundenlang solche Anekdoten zum besten geben. Eigentlich fallen diese unter seine Schweigepflicht, aber das ist ihm egal. Wir kennen uns schon viele Jahre, und er hatte meine Scheidung durchgezogen.

„Mein neuster Fall hat mit der Flüchtlingskrise zu tun. Ich vertrete einen Übersetzer, der von einem Antragssteller während der Arbeit angegriffen und leicht verletzt wurde."

Er macht eine Pause.

„Sie lügen alle. Die Flüchtlinge, die Willkommens-Bürger, die Fälscher-Industrie, die Anwälte, die auf die Durchsetzung des Bleiberechts spezialisiert sind – alle betrügen sie – ohne Ausnahme."
Bernhard sieht mich durchdringend an. Vielleicht hatte er es lange Zeit für unmöglich gehalten, solch einen Satz irgendwann einmal auszusprechen.
„Was ich da zu hören bekomme, ist wie eine Ausdünstung, die sich über das ganze Land verbreitet. Es ist nicht nur das Asylsystem, der Gestank kommt mittlerweile durch jede Ritze dieses Staates. Das Recht verkommt zur Gaunerei, und die Kriminellen bereichern sich mit unverhohlener Schamlosigkeit. Da melden sich täglich Christen, die behaupten, wegen ihres Glaubens verfolgt zu werden. Nach wenigen Minuten stellt sich dann heraus, daß sie nicht einmal wissen, wofür der Heilige Abend steht. Mysteriöse Narben aus der Kindheit oder medizinischen Eingriffen werden als Beweise für Folter präsentiert und dazu passende politische Zusammenhänge dreist erfunden."
So direkt und schonungslos hat Bernhard noch nie mit mir über ein Thema gesprochen. Ich erinnere mich an den unappetitlichen Fall eines Exhibitionisten, der von einem Meineid seiner Ehefrau gedeckt wurde. Bernhard blieb auch dann noch sachlich, als es schwer fiel, ihm noch weiter zuzuhören.
„Ich frage mich, wie man einer Arbeit nachgehen kann, bei der man täglich von früh bis spät belogen wird? Wie fühlt sich so ein Beruf ohne Ethos an?"
„Alle Beteiligten wissen, daß sie hintergangen werden. Aber sie dienen damit ihrer Ideologie und meinen, Gutes zu tun. Eine Eheschließung mit einer hiesigen Frau ist ein möglicher Weg, eine Duldung zu erwirken. Niemand schert sich darum, daß die vorgelegte Sterbeurkunde der Gattin in der Heimat eine Fälschung ist. Dabei wissen es alle. Sie tun nur so, als sei das Dokument echt. Dasselbe gilt für die vorgelegten Todesdrohungen islamischer Terrororganisationen. Briefkopf und Unterschrift sind zwar echt, man kann die Schreiben aber gegen Geld bestellen."
Wir setzen uns an einen der Tische vor der Gaststätte und bestellen Bier. Es ist ein warmer Sommertag.

„Es gibt Menschen, die in der schummrigen Subkultur der Migranten das pralle Leben sehen", sagte Bernhard. „Meist leben sie selbst in ganz anderen Verhältnissen, suchen aber immer wieder die Nähe zu dieser Kloake der Schlüpfrigkeit. Die Frauen sind fast schlimmer als die Männer. Sie flattern als ehrenamtliche Helferinnen in diesem Milieu herum, als müßten sie dort Nester versorgen."

„Manchmal frage ich mich, ob es ein schlechtes Gewissen ist, daß diese Frauen antreibt. Vielleicht haben sie irgendetwas in ihrem Leben getan, das sie meinen, wiedergutmachen zu müssen?"

Bernhard geht auf meine Frage nicht ein.

„Man kann sich kaum etwas aggressiveres und skrupelloseres als meine Kollegen vorstellen. Meist sind es Kolleginnen, welche die Interessen der Einwanderer vertreten. So wie der Übersetzer mir die Vorgänge geschildert hat, wird er schon im Vorfeld unter Druck gesetzt, Widersprüche der Antragsteller zu beschönigen oder auszulassen. Hin und wieder muß er nachträglich selbst eine Geschichte erfinden, die irgendwie schlüssig zusammenpaßt. In diesem Fall hat die Anwältin von Anfang an gefordert, er solle auf ihr Plädoyer hinwirken, oder es werde negative Konsequenzen für ihn haben."

„Fordert er Schadensersatz?"

„Ja, aber ich fürchte, es wird ein politischer Prozeß werden, und da hat er schlechte Karten. Man will verhindern, daß er mit seiner Schilderung der Zustände an die Öffentlichkeit geht."

Eine Bekannte aus früheren Tagen gesellt sich zu uns an den Tisch, und das Gespräch nimmt eine andere Wendung.

Tagebuch-Eintragung

Gestern Abend war ich zu Besuch im *Parkcafé*. Seit meiner Scheidung besuche ich dieses Bordell ein bis zwei Mal pro Woche. Davor, als Sandra und ich schon kaum mehr miteinander sprachen, seltener. Von außen wirkt das Etablissement unauffällig wie ein Hotel. Es rekrutiert seine Gäste durch Mund-zu-Mund-Propaganda. Wenn die Tür dann elektrisch geöffnet wird und man den Barbereich betritt, wird schnell klar, um was es hier geht. An Orten wie diesem bringen die Frauen eine seltene Saite zum Schwingen. Ein Ingenieur, der viele Jahre in arabischen Ölstaaten beschäftigt war, erzählte mir einmal von den Sitten am Hofe seines Gastlandes und der Hochzeit des Prinzen. Von Geburt an hatte der Thronfolger, wie es die Tradition befiel, die Frauen im Palast nur verschleiert gesehen. Er kannte ihre Namen und wußte, ihre Stimmen zu unterscheiden. Dennoch hatte er noch nie einer von ihnen ins Anlitz geschaut. Das änderte sich erst am Tag seiner Hochzeit. Für die Dauer dieses einen Festes zeigten all jene Frauen, die er schon viele Jahre kannte, unverhüllt ihre Gesichter. Doch schon am nächsten Morgen war alles wieder beim alten, und nur in seiner Erinnerung wußte er noch von der Anmut der einen und der Schönheit der anderen. Ähnlich verhält es sich mit den Frauen des horizontalen Gewerbes. Hier läuft das Drängen der Männer ins Leere, da es auf keinen Widerstand mehr stößt. Alles ist eine Spur ungenierter, aber gerade deshalb persönlicher: die Blicke, die Kleidung, die Sprache, wie auch die scheinbar zufällige Berührung. Wahrscheinlich hat jeder heute lebende Mensch Ahninnen, welche sich in ferner Vergangenheit für einen geldwerten Vorteil auf eine sexuelle Handlung einließen. Das ist jenes geheime Erbe der Frauen, das sich mir an diesem verwunschenen Ort enthüllt. Es lädt ein und wartet ab, reizt meine Sinne und prüft mein Begehren, bietet sich an und gibt sich mir hin. Ich hatte zuvor angerufen und gebeten, daß Gysèle auf mich warten möge. Sie trägt an diesem Abend ein beiges, klassisch geschnittenes Kostüm, und wir setzen uns an einen der kleinen Tische im hinteren Bereich. Sie freut sich, mich zu sehen. Wir kennen uns schon lange. Wie immer bin ich um die ersten Worte verlegen.

„Wir waren am Wochenende auf dem Volksfest", sagt Gysèle auf eine Art, als würde sie ein Schachspiel eröffnen.

„Ich habe es noch nie besucht", antwortete ich. „Ist es wirklich so international?"

„Ja, das kann man schon sagen. Und wenn dann Bier getrunken wird, hat mancher bald so einen sitzen, daß er nicht mehr stehen kann. Bei den Männern vom dunklen Kontinent ist es jedoch meist genau umgekehrt."

Ich muß lachen. Gysèle hat einmal mehr den genau richtigen Ton getroffen.

„Laß uns nach oben gehen!" schlägt sie vor, und wir machen uns mit unseren Getränken auf in den ersten Stock.

Nachbetrachtungen zur Sitzung mit Matthias H.

Nach siebenmonatiger Behandlungsdauer haben die Zwänge, unter denen der Patient leidet, etwas nachgelassen. Kennzeichnend für H.'s Gesamtpersönlichkeit ist der Zwang, die eigene Kleidung zu beschmutzen. Er pflegt jeden Morgen, gewissenhaft sämtliche, am Vortag getragenen Textilien auf Verunreinigungen zu untersuchen. Findet er auf einem Kleidungsstück einen Fleck, dann führt er es der Wäsche zu. Läßt sich keine Verschmutzung erkennen, so fühlt sich der Patient verpflichtet, das Hemd oder die Hose weiter zu tragen. Aus olfaktorischen Gründen ist dies langfristig schwer möglich. H. erhöht aus diesem Grund die Wahrscheinlichkeit einer Verunreinigung, indem er beispielsweise ein bereits getragenes Hemd wie eine Art Schürze zum Kochen anzieht. Auch bei paarigen Kleidungsstücken, wie etwa Socken, entstehen Probleme, falls ausschließlich eine einzelne Socke verschmutzt ist. Der Patient ist neben seiner beruflichen Tätigkeit als Lehrer in hohem Maße politisch engagiert. Er gehört zur Führungsspitze der Initiative „Wider das Vergessen" und arbeitet zur Zeit eng mit der städtischen Flüchtlingsinitiative zusammen. Seine psychologische Disposition scheint mir für einen größeren Teil der heutigen gesellschaftlichen Elite in der Politik sowie in den Medien typisch zu sein. Zentral für seine politische Arbeit ist die Fixierung auf eine – seinem Verständnis nach – selbst verschuldete, irreversible Entwertung des eigenen Volkes. Er begrüßt ausdrücklich die niedrige Geburtenrate bei gleichzeitig progressiv wachsender Immigration. Seine Äußerungen in diesem Zusammenhang klingen so enthusiastisch, daß sie mir einer besonderen Beachtung wert scheinen. Als Angehöriger eines unwerten, mit einem unauslöschlichen Makel behafteten Volkes verbindet sich für ihn mit dessen Untergang auch die Hoffnung auf Erlösung. Ich kam nicht umhin, seinen biographischen Werdegang mit meinen eigenen diesbezüglichen Erfahrungen zu vergleichen. Im Alter von etwa acht Jahren wurde ich zum ersten Mal mit der historischen Schuld konfrontiert. Ich kann mich noch heute an den Religionslehrer erinnern – er hieß Geiger –, der diese Thematik in seinem Unterricht ansprach. Er war Kriegsteilnehmer gewesen, und immer wieder schoben sich abrupt Erinnerungsfetzen aus dieser Zeit in seine Ausführungen. Als Kind war es mir nicht bewußt gewesen, aber in der Rückschau bin ich mir sicher, daß die Traumatisierungen dieses Mannes ihn wie ein Hintergrundprogramm beeinflußten, während er seinem Beruf nachging. Ich kann nicht behaupten, daß die Verkündung jenes angeblich singulären Verbrechens mich damals emotional belastet hätte. Es war für mich zur damaligen Zeit nicht möglich, die Ursachen des zugrundeliegenden Konfliktes zu verstehen. Was vielmehr in Erinnerung blieb, war das vage Gefühl, daß hier zum ersten Mal etwas angesprochen worden war, das eine schwere Anklage enthält. Ein halbes Jahrzehnt später führte ein Kommunist meine Schulklasse durch ein Lager, in dem er selbst einst inhaftiert war. In seinem Lodenmantel wirkte er völlig anders, als ich mir eine solch politisch radikale Person vorgestellt hatte. Ich hatte mir so eine Person eher mit Lederjacke und Schiebermütze vorgestellt. Seine Schilderung der Lebensumstände in den Baracken wirkten glaubhaft. Ein paar Seitenhiebe auf die „kapitalistische Ausbeutung" sowie den „imperialistischen Krieg" mußten wir einstecken, einen unterschwelligen Haß auf das Volk als Ganzes hörte ich bei ihm nicht heraus. Freilich war zu dieser Zeit die Schuld noch nicht wirklich zum Kult geworden und das Leid der Opfer noch nicht zur Politischen Religion. Das kam erst später, und je aufdringlicher die Indoktrination wurde und je unnachgiebiger die damit verbundenen materiellen und politischen Forderungen eingeklagt wurden, desto kritischer stand ich diesem ideologischen Narrativ gegenüber.

Bei meinen Patienten beobachte ich ein breites Spektrum von Einstellungen zu diesem Thema, welche von Ablehnung über Gleichgültigkeit bis hin zu jener enthusiastischen Selbstzerstörung der kollektiven Identität reichen, die für H. typisch ist. In letzter Zeit scheint die Tendenz allgemein zu einer gereizten Langeweile zu gehen. Viele Patienten beklagen die „Endlosschleife" beziehungsweise „die immer gleiche Platte" der Medienmacher in bezug auf dieses Thema. H. ärgert sich des öfteren darüber, daß er trotz seines unermüdlichen Einsatzes für die Interessen der Opfer nur wenig Bestätigung von Seiten der Frauen dieser Gruppe erfährt. Meine vorsichtigen Ratschläge, daß sich dies mit dem Bemühen um ein attraktiveres Auftreten und intensivere Körperpflege bestimmt ändern würde, ignoriert er geflissentlich.

Tagebuch-Eintragung

Eigentlich bin ich ein Kulturflüchter, ein Banause. Schon allein deshalb, weil man sich für den Besuch der Oper umziehen muß. Heute ist jedoch Theater angesagt. Ich sitze im Parkett und harre dem, was da kommt. Schließlich erscheinen zwei Männer und eine Frau auf der Bühne.
„Wir setzen uns auf den Boden", ruft die Frau in ein Mikrofon. „Wir setzen uns jetzt alle auf den Boden wie auf einem Flüchtlingsboot und spüren so die Enge und die Angst! Wer sich nicht auf den Boden setzen will, der ..."
Den Rest des Satzes verschluckt eine Geräuschkulisse aus rükkenden Stühlen und gehorsam grummelnden Bildungsbürgern. Ich selbst hocke jetzt wenig bequem im Mittelgang. Direkt vor mir, mit angezogenen Beinen, wirft eine Mitvierzigerin ihren Kopf in den Nacken und hält dabei ihre Handtasche fest vor der Brust umklammert. Ihr Begleiter zur linken Hand hat seine Schuhe ausgezogen und nimmt eine meditative Haltung ein. Hin und wieder fühlt er sich dazu genötigt, das Geschehen zu kommentieren, was seine Partnerin mit einem stummen Kopfnicken quittiert.
„Flucht!" rufen alle drei auf der Bühne laut ins Mikrofon, und auf den Rängen und Balkonen stimmen die Besucher vielstimmig ein: „Flucht! Flucht! Flucht!"

Mir wird bewußt, daß ein größerer Teil der Gäste tatsächlich Flüchtlinge sind. Sie halten Transparente und Pappschilder mit der Aufschrift ihrer Herkunftsländer in die Höhe. Auch der Mann im Schneidersitz vor mir skandiert mit, und die Frau daneben senkt immer wieder mit dem gebotenen Ernst ihren Kopf. Mehrere Migranten stellen sich nun auf die Bühne und bilden mit dem Trio einen Halbkreis.

„Wir sind Menschen! Das müßt Ihr wissen!" verkündet einer von ihnen.

„Und als Menschen haben wir Rechte! Die müßt ihr respektieren!" ergänzt ein weiterer.

Ein Flüchtling verliest in seiner Muttersprache eine kurze Erklärung, welche von einem der Schauspieler übersetzt wird.

„Viele von uns sind gekommen, aber nicht alle. Viele von uns, die kommen wollten, sind nicht hier. Sie sind ertrunken. Ertrunken, weil ihr weggesehen habt. Ihr wolltet nicht sehen, daß wir kommen, weil Ihr uns nicht willkommen heißen wolltet."

Die Beleuchtung läßt im hinteren Teil der Bühne eine Gruppe gebeugter Personen erkennen, die durch Wasser watet und an Seilen etwas hinter sich herschleppt. Es ist der Chor:

„Wir sind gekommen, um zu bleiben,
aber Ihr habt uns nicht erwartet,
Schutz erflehend, sind wir Euch anvertraut,
doch Ihr wißt nicht um Eure Schuld."

Immer mehr Flüchtlinge verlesen ihre Berichte über die Gefahren, die Entbehrungen und das Elend ihrer Fahrt über das weite Meer. Plötzlich, ganz unerwartet, springt eine der Schauspielerinnen auf, zeigt wild gestikulierend auf eine Seite der Bühne und ruft: „Da ist sie! Da ist sie!"

Tatsächlich ist nichts beziehungsweise niemand zu sehen. Alle laufen auf der Bühne aufgeregt durcheinander und scheinen etwas zu suchen.

„Die Menschenwürde!" erklärt schließlich einer der Schauspieler, scheinbar zu Tode erschrocken.

„Schnell, macht ihr Vorwürfe, bevor sie wieder weg ist!" wendet sich einer der Flüchtlinge, der sich die Kapuze seiner Jacke über den Kopf gezogen hat, anklagend ans Publikum. „Wir flehen Euch um Hilfe an, doch Ihr wendet Euch ab!"
Alles klatscht.
„Prüft den Blick, den Ihr auf uns richtet", appelliert eine Flüchtlingsfrau ins Auditorium „und vergeßt niemals, daß wir dieselben Menschen sind wie Ihr. Unsere Kinder werden eines Tages jene von Euch sein."
Mir wird langsam klar, wie die Rollen verteilt sind und was gespielt wird. Ich erhebe mich schwerfällig, entschuldige mich untertänig bei jedem einzelnen. an dem ich vorbei komme, und suche meinen Weg nach draußen.

Traumaufzeichnung

Erster Traum: *Ich erteile anderen Personen Vollmachten. Wozu diese Freibriefe ermächtigen, ist jedoch nicht klar.*

Zweiter Traum: *Ich wende mich an einen Pfandleiher, um ein Schmuckstück beleihen zu lassen. Der Angestellte will den Wert in einem anderen Raum schätzen. Ich warte vergebens darauf, daß er zurück kommt.*

Ich delegiere Aufgaben, die mir selbst auferlegt sind, an andere. Mir ist nicht klar, welchen Pflichten ich ausweiche. Der zweite Traum läßt erkennen, daß ich so keinen Erfolg haben werde.

Tagebuch-Eintragung

Gernot, ein Schulfreund aus Kindertagen, hat vor einiger Zeit mit mir Kontakt aufgenommen. Er hat in den Suchmaschinen des Internets nach ehemaligen Mitschülern gesucht und auch bei mir freundlich interessiert angefragt. „Ja, ich bin es!" habe ich ihm geantwortet und um etwas Zeit für eine detaillierte Schilderung meiner weiteren Biographie gebeten. Er war ein recht guter Schüler gewesen. Ich hatte ihn als etwas stämmig und blaß in meiner schattenhaften Erinnerung, erkannte ihn dann jedoch auf einem Photo neueren Datums sofort wieder. Ein sehr ruhiger Junge war er gewesen, wenn wir miteinander spielten, und sehr ernst. Es gibt Menschen, welche von ihrer Natur aus auf Loyalität angelegt sind. Man kann sich auf sie verlassen. Andererseits schenken sie ihre besondere Verbundenheit nicht jedem. Oft wirken sie etwas isoliert oder sogar einsam. So ein Freund war Gernot gewesen, kein Kumpan sondern eher ein unaufdringlicher Gefährte für eine bestimmte Phase des Lebens. Es war ihm gelungen, aus dem Gedächtnis heraus den größten Teil unserer Schüler- sowie Lehrerschaft zu rekonstruieren. Nur ein Name darunter war falsch geschrieben. An manche Klassenkameraden kann ich mich sehr gut erinnern: den überheblichen Sohn eines Notars, der Klassenbester war; eine Mitschülerin, welche zwar nicht in allen Fächern brillierte, jedoch in Mathematik uns allen anderen haushoch überlegen war; ein Waisenkind, welches von einem alleinstehenden Verwandten adoptiert worden war und in den Pausen regelmäßig Ziel gemeiner Anfeindungen wurde; jenes Mädchen, auf welches ich neidisch war, weil es eine Tante in den USA hatte und bereits einmal dort die Ferien hatte verbringen dürfen; jene Sportlehrerin, welche von mir verlangt hatte, in der Unterwäsche am Unterricht teilzunehmen, nachdem ich meinen Turnbeutel vergessen hatte, wogegen ich mich weigerte. – „Bravo, das war die einzig richtige Reaktion!" schrieb mir Gernot fünfundvierzig Jahre später, als ich mich mit ihm über diesen Vorfall austauschte; jene ostpreußische Klassenlehrerin, eigentlich überhaupt die erste Lehrerin in meinem Leben, welche sich das Lächeln kaum verkneifen konnte, als ich in meinem Hausaufgabenheft die rudimentäre Zeichnung für das Wort „Ute" mit Brüsten versah; der nachfolgende Klassenlehrer, der wenige Jahre später zum Rektor einer anderen Schule des Landkreises berufen wurde und den Ortswechsel als Anlaß nutzte, von da an ein Toupet zu tragen. Manche Namen auf der Liste sagten mir gar nichts. Ich hatte vier Jahre lang mit ihnen fast jeden Tag einen Raum geteilt, doch sie hatten keine Spuren hinterlassen, nicht einmal solche, welche man am liebsten vergessen wollte. Doch, nach längerem Nachdenken war da etwas: jene Petra, welche mir am zweiten Schultag boshaft von hinten die Schnallen meines Schulranzens geöffnet hatte. Ansonsten war es eine weitgehend friedliche, zumindest wohlwollende Zeit gewesen.

Nachbetrachtungen zur Sitzung mit Maria U.

U. wurde mir von einem Paar-Therapeuten vor etwa einem dreiviertel Jahr überwiesen. Sie hat seither gute Fortschritte gemacht. Vor dem Hintergrund meiner eigenen Mutterbeziehung hatte ich zu Beginn erhebliche Probleme mit ihr gehabt. Ihre älteste Tochter, mit der sie eine unnatürlich enge Beziehung verband, hatte vor rund eineinhalb Jahren den Kontakt zu ihr und ihrem Vater, dem Gemahl der Patientin, abgebrochen. Als wissenschaftliche Mitarbeiterin der juristischen Fakultät hatte sie bisher – sicherlich unbewußt – den narzisstischen Wünschen ihrer Eltern, insbesondere ihrer Mutter, voll und ganz entsprochen, bis sich unvermittelt eine Reihe von Symptomen, wie Konzentrationsschwierigkeiten, Schlafstörungen und erhöhter Alkoholkonsum, bemerkbar machten. Mit dem Verlust der Tochter, welche in der Familie für U. eine wichtige Ersatzfunktion inne hatte, drohte auch das Scheitern der weiteren Ehe. U.'s Ehemann hatte nach langem Widerstand einer Paar-Therapie unter der Bedingung zugestimmt, daß seine Frau die Scheidung zurückziehe. Trotz Einladung zu einer gemeinsamen Konsultation mit seiner Gemahlin ist U. nie in meiner Praxis erschienen. Die Patientin beschreibt ihn als einen sehr selbstbezogenen und aggressiven Familienvater, der häufig auf ein infantiles Niveau regrediere.

„Wissen Sie, er war als Familienoberhaupt da, aber irgendwie doch nicht wirklich zugegen", sagte U. einmal in einem sehr nachdenklichen Ton, während sie ihren Blick über die lieblichen Auen vor meiner Praxis schweifen ließ. „Als Ehemann auch nicht!" hätte ich an dieser Stelle spontan ergänzen können, doch das wäre zu diesem Zeitpunkt noch zu früh gewesen. Sie war eine typische Frau ihres Jahrgangs und ganz und gar darauf programmiert, ihre häuslichen Pflichten zu erfüllen. Wenigstens nach außen hin wurde sie dieser Rolle auch gerecht. Allerdings spürt man schnell, daß dies nur Fassade ist. Die Unterwerfung unter das Patriarchat hat seinen Preis: vom Zweitwagen über die tägliche Putzhilfe bis hin zu mehrmaligen jährlichen Ferienaufenthalten, dazu ein fast unbegrenztes Budget für Mode und Extravaganzen. Als mir die Dame in meiner Praxis zum ersten Mal gegenübersaß und sich dicht unter der Oberfläche ihrer Ratlosigkeit, schneller als es sich gehört, die Verachtung für ihren Ehemann und die Lieblosigkeit gegenüber ihren Kindern abzeichnete, da reagierte ich in der Sache professionell zurückhaltend, innerlich jedoch alarmiert. Ein morsches Puppenhaus war zusammengebrochen. Der erfolgreiche Unternehmer, von seiner Tochter entzaubert und von seiner Gattin als impotent verspottet, konnte seine Scham nicht überwinden und bei mir erscheinen. Er nahm nicht einmal telefonisch mit mir Kontakt auf. Stattdessen chauffiert ein Unternehmensangestellter die Patientin zweimal die Woche zu mir und wartete ergeben in der Limousine. Der Fall ist wie aus dem Lehrbuch. Wäre sie fünfzehn Jahre früher zu mir gekommen, hätte ich ihr, auch der Kinder wegen, den Ausbruch aus dem Eheverhältnis angeraten. Jetzt geht es darum, die Beziehung zu stabilisieren und U. gleichzeitig Freiräume für ihre Selbstentfaltung zu erschließen.

Tagebuch-Eintragung

Ich mußte früh morgens zum Flughafen und nahm die erste S-Bahn zum Hauptbahnhof. Der Wind blies kalt, und ich lief am Bahnsteig auf und ab, um mich aufzuwärmen. Auf einer Mauer aus Ziegelsteinen fiel mir ein politisches Graffiti auf, das nicht von Linken, sondern von Rechten mit einer Schablone aufgesprüht wurde. Es fordert die Streichung eines Paragraphen, der die Redefreiheit einschränkt. Dann kommt endlich die Bahn, und ich setze mich in die Zweite Klasse. Zwei Stationen weiter steigen drei junge Männer zu. Der äußeren Einschätzung nach sind es Migranten aus dem Nahen Osten. Zunächst sitzen sie unauffällig ganz hinten im Waggon in der Fünferreihe. Es ist Samstagmorgen, und nach und nach füllt sich die Bahn mit allerlei Nachtschwärmern. Zwei blonde Frauen, die für das Nachtleben eigentlich fast noch zu jung erscheinen, sitzen den drei Migranten seitlich versetzt ein paar Sitzreihen entfernt gegenüber. Was dann kommt, beginnt ganz spontan, so als sei es das Natürlichste auf der Welt. „Was für Schlampen!" sagt einer der Männer deutlich für jeden im Abteil hörbar. In seiner Stimme schwingt eine Leidenschaft mit. Es klingt, als müsse er das einfach sagen. Dabei hat er die beiden Frauen fest im Blick. Was nun folgt, ist eine Aneinanderreihung von vulgären Beleidigungen und obszönen Unverschämtheiten. Die Schmähungen werden mit jedem Zuruf ordinärer. Sie steigern sich zu einer hemmungslosen Verachtung der einheimischen Frauen allgemein. So geht es noch zwei Stationen weiter, bis die beiden Frauen aussteigen. Als die Bahn wieder anfährt, kann ich durch das Fenster sehen, wie eine von ihnen sich ängstlich umsieht. Aber keiner der Fremden ist ihnen gefolgt. Die sitzen stumm auf ihren Plätzen. Keiner der Fahrgäste ist den Frauen beigesprungen, auch ich nicht. Nach einer weiteren Station steigen auch die drei Einwanderer aus. Ich bin froh, als die Tür sich zischend hinter ihnen schließt. Eine Kultur, die sich nicht länger behauptet, scheint besonders jene anzuziehen, die sie am meisten verabscheuen.

Nachbetrachtung zur Sitzung mit Monika Z.

Die Patientin verfügt über ein hohes Maß an sozialer Kompetenz. Viele Personen, die mich konsultieren, verfallen aufgrund ihrer Probleme in Isolation oder manövrieren sich unbewußt in eine „Szene", in welcher sich ihre spezielle Wahrnehmung der Realität bestätigt. Z. fühlt sich den kleinen Leuten verbunden und bewahrt sich dadurch eine gewisse Unabhängigkeit von medialen Einflüssen. Sie weiß nicht nur, wie die Normalbürger denken, sondern findet zu vielen auch einen persönlichen Zugang.

„Ich habe die Menschen noch nie so aufgeschlossen erlebt wie zur Zeit", sagt sie. „Das gilt für ihre Ängste, ihre Enttäuschungen sowie für ihre Hoffnungen, ja eigentlich auf allen Ebenen."

Ich habe ihr nicht widersprochen, aber genau genommen gilt dies eigentlich nur für das Thema Flüchtlingskrise und für jene eher bildungsfernen Schichten, denen Z. selbst nahe steht. Man redet dort allgemein gern; ansonsten vielleicht über das Wetter, die fehlende Unterwäsche unter dem Party-Kleid einer Schauspielerin oder die triviale gestrige Fernsehschau.. Aber jetzt steht die Problematik der Zuwanderungsflut im Vordergrund. Man registriert verblüfft, daß die reale Geschichte einen erfaßt hat. Die Exotik, welche man sich bisher in sorgsam dosierten Unterhaltungseinheiten wie einen abendlichen Schauer über den Rücken hat laufen lassen, ist jäh in den Alltag eingebrochen. Meldungen von „Entmietungen", Zwangsräumungen und die Senkung sozialer Leistungen sind beinahe über Nacht in die behagliche Langeweile eingedrungen und haben sie arg verwüstet. Das Sensationelle ist plötzlich gefährlich geworden. Es läßt sich nicht passiv konsumieren und bleibt auch nicht auf Distanz. Doch trotz der unmittelbaren Betroffenheit geht das Prekariat nicht anders mit der Situation um als mit dem Fußballfieber einer Weltmeisterschaft. Man tauscht sich engagiert miteinander aus, und es darf heftig debattiert werden, doch nie verlassen die Argumente den Tellerrand der Einflüsterungen der Massenmedien. Egal, was sich in der Manege auftut, ob Empörung oder Überschwang, zumindest in der gegenwärtigen Phase bleibt alles im professionell orchestrierten Rahmen.

Tagebuch-Eintragung

Wir erleben gerade die Etablierung eines Neusprechs, der wesentlich subtiler ist, als Orwell sich das je vorstellten konnte. Es fängt bei jenem Begriff an, der in diesen Tagen zentraler ist als jeder andere: „Flüchtling". Ihm, dem Flüchtling, schulden wir Obdach und Brot, unsere Fürsorge und Solidarität. Obwohl dieses Wort zur Zeit so allgegenwärtig ist wie die Hitze in den Tropen – es ist schier unmöglich, ihm auszuweichen – und sich das Straßenbild immer mehr mit jenen Gestalten füllt, die ihre Legitimität von diesem Substantiv ableiten, ist es in einem engeren Sinne so gut wie unmöglich, einen wirklichen „Flüchtling" zu finden. Damit will ich nicht sagen, daß wir in einer Ära ohne Despoten, Folter oder gewaltsame Umstürze lebten. Nein, das Maß an mehr oder weniger weit entfernten Konflikten entspricht in etwa dem Mittelwert gemäßigter Epochen. Es ist vielmehr so, daß „der Flucht" die Unmittelbarkeit fehlt. Wenn es sie überhaupt je gab – und das gilt nur für eine sehr kleine Minderheit der Immigranten –, dann war sie schon lange zu Ende, bevor „der Flüchtling" in unser Land kam. Ohne Übertreibung kann man behaupten, daß jene, die jetzt in Massen zu uns kommen, nicht auf der Flucht sind, dafür um so mehr auf der Suche. Nicht besser steht es um die Bezeichnung „Willkommens-Kultur", jene den angestammten Bürger unmißverständlich abverlangte Grundeinstellung zur massenhaften Invasion der Fremden. Wenn man genau hinsieht, dann zeigt diese Notation gleich zwei Pferdefüße unter ihrem Gewand. Zum einen sind illegale Einwanderer nirgendwo auf der Welt willkommen, sonst würden sie angeworben werden und wären nicht länger ungesetzliche Grenzübertreter. Zum anderen wird die Politik diesem Begriff, den sie dem Volk wie einen neuzeitlichen Kategorischen Imperativ entgegenhält, selbst nicht gerecht, sonst bliebe den Einwanderern die dramatische Überfahrt erspart. Aus der Vielzahl der Euphemismen, Antagonismen und platten Schönfärbereien will ich noch ein Wort herausgreifen, das die Thematik in ihrer ganzen, die Gesellschaft übergreifenden Relevanz beschreibt: die „Flüchtlingskrise". Eine Krise bezeichnet eine negative, unerwünschte Entwicklung, die Entscheidungen erforderlich macht. Wer eine „Willkommens-Kultur" einfordert und dem Bürger unaufhörlich weiß machen will, daß es sich dabei um eine Bereicherung oder wenigstens um eine Notwendigkeit handelt, der kann nicht gleichzeitig von einer Krise reden. Von einer Krise spricht man im Nachhinein meist, wenn in diesem Prozeß an einer Stelle schließlich ein Wendepunkt zu erkennen ist. Ansonsten wäre der Begriff „Katastrophe" treffender. Und in Wirklichkeit geht es hier um genau dies. Ich gehöre nicht länger zu jenen Naiven im Land, die in bezug auf diese Dinge von einer rhetorischen Fehlleistung der Entscheidungsträger in Politik und Medien ausgehen. Wir sind in einem fein gesponnen Netz der falschen Begriffe gefangen, das bewußt unsere Sinne vernebelt. Die Machthaber fordern mit dem Gerede von der „Krise" unsere tätige Mithilfe, unsere Kooperation bei der Problemlösung ein und greifen mit dieser Terminologie gleichzeitig ein Stück weit unsere Bedenken auf. Doch das ist nur Schein. In Wirklichkeit werden keine Entscheidungen getroffen, jedenfalls keine, welche die Flut der Zuwanderer eindämmen. Wir werden an eine Sprache gewöhnt, welche die Brisanz der gegenwärtigen Entwicklung einerseits aufgreift, sie im nächsten Moment jedoch ad absurdum führt.

Traumaufzeichnung

Erste Traumsequenz: *Ich befinde mich in einem großen, herrschaftlichen Raum. Die Möbel sind mit weißen Tüchern abgedeckt. Ich frage mich, wer hier einst wohnte.*

Zweite Traumsequenz: *In der Stadtverwaltung ist die Abteilung für Kraftfahrzeuge, wie sie hier genannt wird, in drei Schalter-Bereiche gegliedert: jenen für Gebühren, denjenigen für die Ausgabe von Führerscheinen sowie jenen für die Bezahlung von Bußgeldern. Vor den beiden ersteren stehen jeweils mehrere Personen an. Es ist mir peinlich, der einzige zu sein, der eine Strafe zu zahlen hat.*

Normalerweise symbolisieren leerstehende Räume ein unerschlossenes seelisches Potential. Auf der Ebene des kollektiven Unbewußten können sie sich auch auf die Erschließung eines Lebensraumes beziehen. Zum zweiten Traum fällt mir eine weit zurückliegende, amouröse Beziehung zu einer Beamtin ein, die tatsächlich auf der städtischen Führerschein-Ausgabestelle beschäftigt war.

Tagebuch-Eintragung

In Zeiten der Völkerwanderungen haben Imperialismus-Theorien Hochkonjunktur. Es geht darum, den Zielländern eine Mitschuld an der Migration und ihren Lasten aufzubürden. In diesem Zusammenhang liegt kein historisches Ereignis – sei es nun eine Eroberung, eine Kolonialisierung oder auch nur eine temporäre Unselbständigkeit – zu weit zurück. Ausbeutung, verstanden als eine strukturelle Gewalt der Industrienationen und ihrer Brückenköpfe in der Dritten Welt, läßt sich bis in die unmittelbare Gegenwart zurückverfolgen und leitet sich von multinationalen Konzernen, missionierenden Weltreligionen, blutrünstigen Ideologien sowie einer generellen abendländischen Überheblichkeit ab, die jetzt zur Verantwortung gezogen wird. Es geht nicht mehr nur um die eine, die singuläre Schuld. Die culpa ist redundant. Sie legt sich weder auf Generationen, Politiker noch Staaten fest. Sie gleicht deshalb auch weniger einem tückischen Fallstrick als vielmehr einem breit ausgelegten Fangnetz, in welchem sich früher oder später jeder verheddert, an welchen die vermeintlich Geschädigten ihre Ansprüche stellen wollen. So gesehen steckt in der subsaharisch-vorderasiatischen Invasion unserer Tage der Ansatz einer ausgleichenden Gerechtigkeit. Die Nachkommen der Elenden und Geschundenen rüsten zum Feldzug gegen die ehemaligen, nunmehr von ihrem Wehrwillen befreiten Zwingherren. Mit der schieren Wucht ihrer Masse überrennen sie die schlecht befestigten Trutzburgen des Okzidents eine nach der anderen. Und doch scheint es nur auf den ersten Blick so zu sein. In Wirklichkeit ist es kein Aufbruch ins Ungewisse, und kein kühner Plan steht am Anfang, keine Wildnis wird erschlossen. und keine verwegenen Desperados machen sich auf den Weg. Vielmehr sind es die Besitzlosen und Nichtsnutze, die sich aus den verschiedensten Winkeln der südlichen Halbkugel ihren Anteil an einer sterbenden Kultur sichern wollen. Wie Schwärme von Heuschrecken fallen sie ein, gezwungen weiter zu ziehen, wenn die fremde Ernte getilgt ist, Ödnis und Brache hinterlassend, da unfähig zum Aufbau einer eigenen Zivilisation.

Nachbetrachtungen zur Sitzung mit Maria U.

Die Patientin hatte mich in den vergangenen Sitzungen wiederholt dazu gedrängt, Kontakt zu ihrer Tochter aufzunehmen. Ich habe dies stets abgelehnt und sie gebeten, die Entscheidung ihres Kindes nach Distanz zu respektieren. Inzwischen ist U. bei dem Loslösungs-Prozeß ein entscheidendes Stück vorangekommen. Sie spricht jetzt offener über ihre Versäumnisse als Mutter. Die Vorwürfe, welche sie sich macht, sind jedoch einerseits übertrieben, andererseits beziehen sie sich nicht auf ihre wirklich relevanten Verfehlungen als Elternteil. Es fällt ihr schwer, zu akzeptieren, daß sie auch eine Mitverantwortung für die Gewalttätigkeit ihres Gatten trägt, indem sie über Jahre hinweg, trotz aller Defizite, die Familie zusammenhielt. Fortschritte zeigt die Patientin bei der Entfaltung ihrer eigenen Persönlichkeit. Sie baut sowohl wirtschaftlich als auch seelisch die Abhängigkeit von ihrem Mann ab und schafft sich damit eigene Freiräume. Seit zwei Wochen ist U. intensiv in die Sanierung eines seit zwei Jahren leer stehenden Supermarktes involviert. Sie hat das Gebäude gemeinsam mit ihrem Bruder geerbt und wollte es ursprünglich verkaufen, da eine rentable Bewirtschaftung nicht zu erwarten war. Nun soll es in eine Flüchtlingsunterkunft umgebaut und an die Stadt vermietet werden. Wenn die Patientin über die kommenden Einkünfte spricht, hellt sich ihre Stimmung sichtbar auf. Mit dem Beauftragten des Bürgermeisteramtes hat sie die Anforderungen bezüglich der Ausstattung sowie einen pauschalen Tagessatz pro Flüchtling ausgehandelt. Für meine Verhältnisse ist es eine stattliche Summe, die für U. herausspringt. Aber eine Unterbringung in Hotels wäre den Steuerzahler noch teurer gekommen. Das heißt, wenn es überhaupt in den Hotels noch freie Zimmer gibt. Aus den Medien entnehme ich, daß diese bereits überbelegt sind. Es ist ohne Übertreibung eine regelrechte Völkerwanderung in Gang gekommen. Keiner weiß, wie viele noch kommen werden, und wie es weitergehen soll.

Tagebuch-Eintragung

Spielfilme über die Ankunft extraterrestrischer Wesen auf der Erde sind Legion. So versponnen diese kineastischen Machwerke auch sein mögen, die Vorstellung einer Invasion unbekannter Spezies bar friedvoller Absichten hat die Menschen wahrscheinlich schon immer fasziniert. Eine Variante davon ist das scharenweise Auftreten sogenannter Zombies, welche jedoch meist aus einem tieferen Grund, der sich dem Zuschauer normalerweise erst im Laufe der Handlung erschließt, nicht zur Ruhe kommen. Ich habe Streifen dieser Art früher gern gesehen. Auf emotionaler Ebene konfrontieren sie das Publikum mit einer Mischung aus Weltuntergang, Panik und aussichtslosem Heldentum. Tapferkeit, Glück und Edelmut entscheiden, wer sich am Ende retten kann. Eine weitere Bandbreite an Persönlichkeitsmerkmalen läßt die Dramaturgie bei dieser Thematik selten zu. Das ändert sich, wenn das Anlanden der Fremden keine von außen wirkende Fügung des Schicksals ist, sondern sich auf rätselhafte Weise mit der bedrohten Lebensform selbst verbindet. In diesem Fall tut sich ein ganzer Abgrund an menschlicher Verkommenheit auf. Ich will aus diesem Kabinett der Schlechtigkeit nur ein einzelnes Attribut herausgreifen: die Heuchelei. Dieses Kennzeichen der berechnenden Falschheit kommt bei fast jedem politischen Auftritt in einem neuen Kostüm daher. Mal zeigt es sich als Scheinheiligkeit, wenn es um das Kaschieren der eigenen unheilvollen Absichten geht. Ein anderes Mal verbrämen die frommen Wortgirlanden die eigennützig kalkulierten Interessen der sozial-industriellen Profiteure. „Daß uns nur das Herz nicht eng werde!" ruft der Politiker dem überrumpelten Bürger mahnend entgegen. Dabei hat er die Zwangsrequirierung dessen Wohneigentums über die Köpfe hinweg schon beschlossen. Man kleidet die Phrasen bevorzugt in Frageform, während die Ereignisse längst eingetreten sind. Die Schlepper und Schleuser werden euphemistisch zu „Fluchthelfern", und unlautere Engelszungen versprechen den um ihre Zukunft Betrogenen „blühende Landschaften". Bezahlte Gauner und ihre Lakaien spielen in diesen Drehbüchern die Hauptrollen. Deren größte Furcht ist der klare Blick der von ihnen Entrechteten.

Tagebuch-Eintragung

Die Stadt hatte für heute Nachmittag eine Bürgerversammlung anberaumt. Sie soll Teil eines sogenannten Bürgerdialogs sein. Rund

500 Bürger versammelten sich vor dem *Alten Kulturhaus* und warteten auf Einlaß. Da die Lokalität nur auf etwa 400 Personen ausgelegt ist, kam es schon im Vorfeld zu scharfen Unmutsäußerungen unter jenen Teilnehmern, die nicht eingelassen wurden. Die Sitzung wurde mit Lautsprechern nach außen übertragen, und ein Vertreter des Stadtrates versprach, für die nächste Versammlung eine größere Halle zu organisieren. Im *Kulturhaus* selbst haben sich Gruppen gebildet. Wahrscheinlich hat man sich unter den Bürgern schon im Vorfeld abgesprochen. Auf einem Podium sitzen der Bürgermeister und sechs weitere Vertreter des Stadtkreises. Ersterer versucht, mit einer kurzen Präsentation die Versammlung zu eröffnen. Das Interesse an den Schönfärbereien über das selbst verschuldete Chaos ist lau. Die Menschen erwarten keine nachträglichen Erklärungen für Tatsachen, vor welche sie ungefragt gestellt werden. Sie wollen vorgängig informiert und in den Entscheidungsprozeß eingebunden werden.

„Darf ich darum bitten, daß keine Stellungnahmen abgegeben werden, die mit den Worten ‚Ich bin ja kein Rassist, aber...‘ beginnen", spricht eine Stadtverordnete auf dem Podium ins Mikrofon.

„Das ist doch unsere Sache, wie wir uns ausdrücken", ruft ein Mann verärgert zurück. Er hat recht, wenn er sich nicht von vorn herein in die Ecke der politischen Schmuddelkinder stellen läßt. Was jetzt beginnt, ist wie ein Überbietungswettbewerb der Volksveralberung.

„Ja, es sind wirklich sehr, sehr viele, die da kommen. Das wissen wir doch selbst. Deshalb ist es ja so wichtig, daß alle bei der Integration mithelfen."

Immer wieder hallt das unermüdliche Stakkato „Wir schaffen das!" durch die Lautsprecheranlage.

„Diese Nacht- und Nebelaktion beim Aufbau des leer stehenden Bürokomplexes ist mal wieder typisch für das, was im Land abgeht!" ruft eine Frau aus den hinteren Sitzreihen.

„Wir wurden selbst erst wenige Stunden zuvor von der Notwendigkeit der Unterbringung 300 weiterer Flüchtlinge informiert", rechtfertigt sich der Dorfschulze.

Nur wenige schenken ihm noch Glauben.

Eine Anwohnerin steht von ihrem Platz auf und beklagt die Lärmbelästigung und die Vermüllung des ganzen Bezirks. Sie sei bereits zweimal verbal von Anwohnern der Unterkunft beleidigt worden. Ihre Kinder hätten Angst.

„Wer garantiert hier eigentlich noch unsere Sicherheit?"

„Die Flüchtlingskrise wird unser gesamtes Land – ja ganz Europa – umkrempeln. Wir werden lernen müssen, mit diesen Veränderungen umzugehen. An manches werden wir uns dabei gewöhnen müssen." Und: „Gewalt, Kriminalität, das gab es doch hier schon immer. Angst ist ein schlechter Ratgeber."

„Deshalb gehen wir ja auch jede Nacht mit Eisenstangen aufeinander los", ruft ein Mann mit einer Schirmmütze ungehalten.

Viele lachen.

„Wer unsere Werte nicht teilt, hat das Recht, das Land zu verlassen!" schallt es arrogant zurück.

Die Atmosphäre im Saal ist gereizt. Eine Vertreterin des Stadtrates verspricht, daß die Straßenbeleuchtung ab jetzt auch nachts angeschaltet bleibt und die kaputten Lampen ersetzt werden. Außerdem würde die Polizei die Frequenz ihrer Streifen erhöhen. Um wie viel stehe noch nicht fest, so wie auch viele weitere Fragen noch offen seien.

„Was ist dies eigentlich für eine Demokratie, welche dem Bürger immer neue Belastungen aufbürdet, ihn jedoch nie nach seiner Bereitschaft befragt, weitere Einwanderer aufzunehmen?" fragt ein Mann mit Vollbart.

„Die Große Politik wird nicht hier vor Ort gemacht", antwortet der Bürgermeister. „Uns bleibt gar nichts anderes übrig, als die Vorgaben aus der Hauptstadt umzusetzen. Das Recht auf Asyl ist ein hohes Gut. Wir müssen unsere Verfassung Tag für Tag verteidigen. Nie in seiner Geschichte war dieses Land freier."

Den Vogel schießt ein Stadtrat mit der aberwitzigen Empfehlung ab, der steigenden Islamisierung mit häufigeren Kirchgängen entgegenzutreten.

Die Stimmung droht zu kippen. Dabei sind diese Planungen im landesweiten Maßstab nicht einmal dramatisch. Den Gipfel bildet bisher ein kleines Dorf mit knapp hundert Bewohnern, dem tausend Einwanderer zugewiesen wurden.

„Volksverräter!" skandieren etliche aufgebrachte Teilnehmer.
Im hinteren Teil des Saales bricht ein Tumult aus. Der Ordnungs-
dienst drängt zwischen den Stuhlreihen zu einer Gruppe vor, die
ein Transparent in die Höhe hält. Ich kann nicht lesen, was darauf
geschrieben steht. Vorne auf dem Podium wird die Versammlung
abgebrochen, angeblich weil nicht alle Bürger Einlaß bekommen
hatten. Man werde sich mit den berechtigten Sorgen der Bürger
auseinandersetzen, verspricht eine Stadtvertreterin, dann fällt der
Ton aus, und die Beauftragten der Stadt verlassen als erste den Saal.
Diese Bürgerveranstaltungen sind das letzte Feigenblatt einer un-
tergehenden Gesellschaft. Es gibt nichts mehr zu erklären, auszuhandeln oder irgendwie gemeinsam zu gestalten. Überzeugen kann
man den Bürger längst nicht mehr.

Nachbetrachtungen zur Sitzung mit Jutta R.

R. kommt nur noch sporadisch zu mir. Sie hat ihre Alkoholkrankheit überwunden und vereinbart mit mir ab und an einzelne Konsultationen, um über ihre gegenwärtige Lebenssituation zu sprechen. Diese bezahlt sie aus eigener Tasche. Wahrscheinlich bin ich
mit meiner Arbeit für sie auch eine Art Kontrollinstanz, um sie vor
einem Rückfall in die Sucht zu bewahren. Wir sprachen heute über
einen ihrer Träume, den ich zuvor falsch gedeutet hatte, als sie ganz
plötzlich auf ihre geheimen Fantasien zu sprechen kam.
„Einer meiner intimsten Tagträume ist", und an dieser Stelle zö-
gerte sie kurz, um dann fortzufahren, „an der Straße zu stehen."
Sie sah mich direkt an und ergänzte umgehend, als gelte es, jedes
Missverständnis zu vermeiden: „Als Nutte!"
Die vulgäre Wortwahl in dieser unerwarteten Wendung der Sitzung
ließ mich einen Augenblick ratlos erscheinen. R. entging dies nicht,
und sie lächelte mich amüsiert an, so als wolle sie sagen: „Siehst
Du! Da hab ich's Dir gegeben." Inhaltlich ist dieses Gedankenspiel
wahrscheinlich nicht so sehr von der Libido geprägt, wie es zunächst
scheint. Als verheiratete Bankangestellte lebt sie auch im Alltag innerhalb einengender Rollenvorgaben. Bei meiner Arbeit stoße ich

sowohl bei Männern als auch bei Frauen immer wieder auf die Tatsache, daß die sexuelle Orientierung sowohl grob als auch subtil von Geburt an festgelegt ist. Sie läßt sich auch dann nicht mehr ändern, wenn der Patient oder die Patientin dies will. Die Energie kann nur in determinierte Strukturen fließen. Mehr als in jeder anderen Hinsicht ist der Mensch diesbezüglich gezwungen, zu sich selbst zu finden. Interessanterweise erschließt sich mir zur Zeit, daß diese individuelle Strukturierung auch für andere Bereiche der Psyche gilt. In dem Maß. in welchem die Flut der Einwanderer ansteigt, bemerke ich immer häufiger an mir, wie jene typischen verdrängten Persönlichkeitsanteile an die Oberfläche des Bewußtseins treten, die jeder nur allzu gern abstreitet. Es ist nicht etwa so, daß ich meine diesbezüglichen Gefühle als schäbig oder gar unanständig einstufen würde, aber sie entsprechen nun einmal nicht jenen verbindlichen Normen der sozialen Vorgaben oder des eigenen Selbstbildes. Dabei entdecke ich mich in dieser Hinsicht gerade selbst oder anders gesagt: Ich werde mich meiner selbst immer mehr und mit Erstaunen bewußt. Das euphorische Willkommen-Heißen der Flüchtlingsmassen düstert sich schnell ein, wenn ich diesen Personen von Angesicht zu Angesicht gegenüberstehe. Sicher, sie wirken erschöpft und ausgemergelt, und sie kommen unbewaffnet. Aber da ist trotzdem diese unüberhörbare innere Stimme, die Vorsicht anmahnt. Ein unerwartet großes Aufgebot von ehrenamtlichen Helfern macht sich in diesen Tagen daran, den Ankömmlingen Hilfe und Unterstützung angedeihen zu lassen. Manche geben Sprachkurse, andere helfen beim Ausfüllen von amtlichen Formularen. Auch ich selbst dachte zunächst daran, an einer der Sammelstellen zwei alte Fahrräder abzugeben. Die Einwanderer haben Gelegenheit, diese in Werkstätten kostenlos reparieren zu lassen. Dazu durchringen konnte ich mich bis jetzt aber noch nicht.

Tagebuch-Eintragung

Aus dem Kontakt mit Gernot ist ein sporadischer elektronischer Briefwechsel geworden. Wir sind sehr offen zueinander. Es scheint, als wäre vor Jahrzehnten in aller Stille ein Fundament für dieses Vertrauen gelegt worden. Unsere Lebensläufe haben seit dem Ende der Grundschule wenig Parallelen. Gemein ist jedoch beiden, daß wir – jeder auf seine Art – auf schwere Defizite in unseren Herkunftsfamilien reagieren mußten. Keiner von uns hatte ideale Voraussetzungen, auch wenn unsere Mittelstandfamilien von außen so wirkten. Ich machte den Anfang, als ich Gernot über meine Latenzphase bis zur Pubertät, die Wirren jener Phase der Orientierungslosigkeit, meinen damit verbundenen schulischen Absturz, die Internatszeit sowie mein schwieriges Verhältnis zu meinen Eltern schilderte. Er schrieb mir über die Alkoholkrankheit seines inzwischen verstorbenen Vaters, die Gewalt in der Familie – beides hatte ich nicht geahnt – und wie er im Konfirmandenunterricht begann, zum Glauben zu finden. Er hatte ein Maschinenbaustudium begonnen, war jedoch schließlich Pfarrer geworden. Ich habe keine Zweifel daran, daß es nicht seine akademischen Leistungen waren, die ihn zu dieser Umorientierung gezwungen haben. Eine schwere Herzerkrankung hatte er überstanden, und er könne nun seinen Beruf wieder ausüben, aber weil ich schon von Berufs wegen zwischen den Zeilen zu lesen verstehe, weiß ich nur zu gut, daß er nicht wirklich glücklich ist. An einer Stelle spricht er seine Probleme mit Frauen offen an und schiebt die Schuld auf die Prüderie seiner Mutter, unbegründete Hemmungen sowie eine falsche Auslegung der christlichen Ethik. Wir vereinbaren, uns in nächster Zeit einmal zu treffen. Ich freue mich darauf, ihn wiederzusehen.

Tagebuch-Eintragung

„Der Gehenkte", wie er sich selbst nannte, ist von uns gegangen. Als Kunstfigur eines talentierten Kabarettisten ist er deshalb nicht tot. Er tritt nur nicht länger in Erscheinung. Das ist schade. Ich mochte diese professionell gemachte, ätzende Systemkritik. Ein Mitarbeiter des Fernsehens, also ein ehemaliger Kollege, hat den Darsteller hinter der Latex-Maske erkannt und die Medien auf seine Spur gesetzt. Der knickte recht schnell ein, entschuldigte sich und erklärte, er habe mit den Äußerungen des Gehenkten inhaltlich nichts zu tun. Die Rolle habe er nur gespielt. Das konnte er allerdings sehr gut. Wirtschaftlich steht er mit seiner Familie nun vor dem Ruin. Kein Ketzer unserer Zeit entkommt dem Scheiterhaufen. Der Denunziant war ein vergleichsweise erfolgloser, immer um Provokation bemühter Vortragskünstler. Dessen staatstreue Satire hatte nie einer Tarnung bedurft. Der Kampf gegen Windmühlen ist nicht unterhaltend und hat wenig mit Humor zu tun. Bestenfalls ist er lächerlich. Der Gehenkte war für mich immer ein Einzelkämpfer gewesen, ein Fels in der Brandung. Jetzt sind mir Zweifel gekommen. Möglicherweise war er wirklich nur ein unstrukturierter, von wem auch immer bezahlter Akteur gewesen. Hinter den Auftritten stand eine fachkundige Produktionsfirma. Warum wurde sie bisher nicht belangt? Hat man die Sprechpuppe auffliegen lassen, oder wurde er der Obrigkeit zu heikel? Aber eventuell verschwimmen unsere inneren Grenzen im selben Maße, wie unsere Außengrenzen durchlässig wurden. Unter dem Druck der Verfolgung werden die Handelnden immer mehr zu undurchsichtigen Doppelagenten, welche sich weder der einen noch der anderen Seite verläßlich zuordnen lassen.

Nachbetrachtungen zur Sitzung mit dem „Unbekannten"

Vor etwa zwei Wochen hatte ich eine Email von einer Person erhalten, welche die Absicht kundtat, sich bei mir in Analyse zu begeben – jedoch nur unter der Bedingung der Gewährung absoluter Anonymität. Die Email-Adresse des Absenders bestand aus Groß- und Kleinbuchstaben sowie Zahlen. Sie wirkte auf den ersten Blick, als sei sie von einem Zufallsgenerator zusammengestellt worden, jedenfalls ließ sie keine Rückschlüsse auf ihren Urheber zu. Die ganze Sache machte mich stutzig. Jeder meiner Patienten ist um Vertraulichkeit besorgt, diese sichere ich ihm in jedem Fall auch ausdrücklich zu. Eine Anfrage, welche im Ton zwar betont höflich daherkommt, jedoch nicht namentlich unterzeichnet wurde, ist allerdings unüblich. Ich selbst hatte so etwas noch nie erlebt und auch von Seiten meiner Kollegen noch nie gehört. Handelte es sich um einen Prominenten? Oder war der Konflikt dieses Menschen von solch einer Ungeheuerlichkeit belastet, daß sich mit deren Offenbarung das Risiko einer existenziellen Zerstörung verband? Ich brauchte zwei Tage Zeit, um mich zu einer Antwort zu entschließen. Eigentlich war der Interessent ehrlich gewesen. Er hatte keine falsche Identität vorgetäuscht. Für heute Vormittag bot ich ihm den abgesagten Termin eines meiner anderen Patienten an, und er sagte zu. Pünktlich auf die Minute genau erschien in meiner Praxis ein etwa dreißig Jahre alter Mann in einem gut geschnittenen hellgrauen Anzug, dazu passend ein hellblaues Hemd und eine geschmackvolle Krawatte. Weder an seinem Auftreten noch an seiner Bekleidung kann ich irgendeine Auffälligkeit erkennen. Wir sitzen uns gegenüber, und ich beginne die Begegnung mit jener Frage, welche ich jedem neuen Patienten als erste stelle:

„Warum kommen Sie zu mir?"

Normalerweise knüpfe ich an diese Frage noch eine persönliche Anrede. Aber das ist in diesem Fall ja nicht möglich. Der Unbekannte senkt den Blick. Es scheint so, als müsse er länger über eine Antwort nachdenken.

„Es geht um ein Unbehagen", antwortet er schließlich. Er wirkt unaufgeregt und ist offensichtlich alles andere als ein Notfall. Die Antwort war nicht sehr erhellend gewesen, aber ich gebe mich damit zufrieden. Ein Anfang ist gemacht. Der Patient hat sich auf mich und die psychotherapeutische Situation eingelassen. Anstatt auf der Stelle nachzuhaken, lenke ich das Gespräch in die allgemeinen Bahnen der ersten Konsultation.

„Wie sind Sie auf meine Praxis gekommen?" will ich wissen.

„Ein Bekannter hat mir von Ihnen erzählt."

Er wirkt kultiviert und dabei gleichzeitig sehr natürlich. Unwillkürlich frage ich mich, was er wohl für einen Eindruck von mir hat. An kühleren Tagen wie heute trage ich eine leichte Kaschmir-Strickjacke über dem weißen Hemd, dazu einen betont farbenfrohen Schlips.

„Dann wissen Sie mehr über mich als ich über Sie."

Er nickt höflich.

„Wissen Sie, die Schwierigkeiten mit der Anonymität beginnen schon bei der Frage der Abrechnung mit der Krankenkasse."

„Das spielt keine Rolle. Ich würde bar bezahlen."

„Haben Sie schon vor mir einen Arzt oder Therapeuten konsultiert?"

„Nein, noch nie."

„Sie wissen sicherlich von meiner Schweigepflicht als Arzt. Ich kann Ihnen versichern, daß kein Wort, welches zwischen uns gewechselt wird, jemals diesen Raum verlassen wird."

„Ich weiß", antwortet er knapp.

So komme ich nicht weiter. Ich beginne über die Jung'sche Psychoanalyse zu erzählen: ihre Vorzüge und ihre Besonderheiten im Vergleich zu anderen Therapieansätzen, meine Ausbildung und die Schwerpunkte meiner Arbeit, meine spezielle Methodik sowie die Bedeutung der Traumanalyse in den einzelnen Sitzungen. Er hört interessiert zu und signalisiert da und dort mit dem Blick sein Einverständnis. Aber obwohl die Konsultation sich schon ihrem Ende zuneigt, ist es mir immer noch völlig unmöglich, die Problematik einzuordnen, welche diesen Mann zu mir führte. Die ganze Zeit über hatte ich vergebens auf ein Symptom oder wenigstens auf einen noch so unscheinbaren Hinweis auf eine seelische Erkrankung gewartet.

„Dieses Unbehagen von dem Sie sprachen, ist es quälend?"

„Ja, das kann man so sagen. Es ist ein Unbehagen an der Zeit, in der wir leben."

„Dann sollten Sie sich an einen Philosophen wenden!"

Wir lachen beide.

„Wissen Sie, es gibt Dinge, über welche man heutzutage mit niemandem reden kann. Es ist einfach nicht erlaubt, diese Gewißheiten zu hinterfragen. Dieses Schweigen, die Zweifel und auch die damit verbundenen, offenen Widersprüche belasten mich."

„Ich verstehe Sie sehr gut. Es geht nicht nur Ihnen so."

„Es ist das Leben in der Zeit der Lüge, das mich krank macht. Es gibt kein wahres Leben im Falschen."

Die fünfzig Minuten sind verstrichen, und ich erwarte den nächsten Patienten. Wir vereinbaren einen nächsten Termin, und ich bitte ihn, diese sowie die jeweils folgende Konsultation bar zu bezahlen.

Tagebuch-Eintragung

Eine große Gala-Sendung zur besten Sendezeit soll zu Spenden für die Ankömmlinge aufrufen. Die Aufgabe ist nicht einfach. Schon jetzt berichten die Medien kaum mehr über etwas anderes, und Unterstützung, in welcher Form auch immer, wird dem Bürger Stunde um Stunde abverlangt. Unglücklicherweise verkommt das Ganze von Anfang an zu einer Karikatur seiner selbst. Wie zu erwarten war, betritt als erstes ein Herz erweichendes Flüchtlingskind die Bühne und schildert mit dem Arm des Moderators um die Schultern sein erfahrenes Leid. Die Masse applaudiert willig und langanhaltend. Die Kameramänner blenden die vor Tränen schniefenden Zuschauer ein und auch die hier versammelte Großfamilie des Kindes mit ihren zahllosen Kopftüchern. Dann folgen Bildaufnahmen von Bootsflüchtlingen, Internierten in menschenunwürdigen Lagern sowie jenen Heimatlosen, die es hierher geschafft haben und dankbar Pappschilder in die Höhe halten. Illegale Fluchthelfer stellen sich vor und reden über ihre anfänglichen Skrupel. Hundertschaften freiwilliger Helfer, die ihren Urlaub oder ihre Ferien geopfert haben, werden geehrt. Prominente machen sich um die gute Sache einmal mehr verdient, und der Moderator selbst muß sich am Ende vor laufender Kamera die Tränen aus dem Gesicht wischen. Das ist der seichte Höhepunkt der Sendung. Man setzt sich selbst als Retter in Szene und feiert begeistert die eigene Menschlichkeit. „Danke", ruft er bei jeder Gelegenheit ins Publikum, vor allem dann, wenn der Spendenstand eingeblendet wird. Da und dort wird auch von den „Schwierigkeiten" gesprochen, denen „wir" noch gegenüber stehen. Doch das geht in der allgemeinen Begeisterung unter. Zu guter Letzt tritt noch ein schmalziger amerikanischer Sänger mit einen Lied auf, mit dem er bereits um Zuwendungen für eine mehrere Jahre zurückliegende Katastrophe geworben hatte. Zwei volle Stunden dauert der Benefiz-Reigen. Ich frage mich, was uns erst in der Weihnachtszeit erwartet.

Tagebuch-Eintragung

Es ist ein Mißtrauen zwischen der Bevölkerung und der Polizei entstanden, das früher in diesem Maße nicht wahrnehmbar war. Man könnte fast sagen, es hat sich eingeschlichen, denn es liegt seit der Akzeleration der Einwanderung in der Luft, und die meisten waren sich nicht sicher, ob die Verdächtigungen sich letzten Endes bewahrheiten würde. Dann wurde einer Lokalzeitung eine Anordnung des Justizministeriums an die Polizeidienststellen zugespielt, daß schwere Gewalttaten von Flüchtlingen nicht im öffentlichen Report zu erscheinen hätten. Auch da glaubten viele noch an eine Fälschung, da derartige Anweisungen nach Ansicht von Experten nur mündlich erfolgen. Nach anfänglichen Distanzierungen räumte das Ministerium schließlich die Echtheit des Dokumentes ein. Wir werden also von allen Seiten zum Narren gehalten. Ich persönlich hatte bis zuletzt an die Transparenz der Behörden geglaubt. Was in diesem Zusammenhang über die Kriminalität der Ankömmlinge bekannt wird, ist besorgniserregend. Die Medien schieben die Gewaltexzesse in den Unterkünften auf die Enge und die Traumata der Flucht. Was mir in Vier-Augen-Gesprächen zu Ohren kommt, klingt jedoch völlig anders. Von offener Anmaßung und unverschämten Ansprüchen der Eingeschleusten ist da die Rede. Siegesgewisse Landnehmer treffen auf eine degenerierte Empfangskultur, die ihnen nichts entgegenzusetzen weiß. Über die Konflikte, die sich hinter den Absperrungen der Aufnahmelager vorbereiten, wird der Schleier der Mitmenschlichkeit gelegt. So raunt man es sich jedenfalls hinter vorgehaltener Hand zu. Mir geht das Ende eines Bühnenstücks durch den Kopf, dessen Titel ich vergessen habe. Der Protagonist ruft dem Publikum als letzte Worte den Satz „Ihr werdet die Wahrheit erkennen, wenn sie mit Fleischer-

Messern durch Eure Schlafzimmer schleicht!" zu. Dann fällt der Vorhang.

Nachbetrachtungen zur Sitzung mit Maria U.

U. ist in einer depressiven Stimmung. In dem Ruder-Club, in welchem die Patientin seit vielen Jahren aktiv ist, wurde die Nachricht von ihrer Teilhabe an der „Privatisierung der Flut" mit gemischten Gefühlen aufgenommen, und nicht wenige haben ihrem Unmut im sozialen Umgang Luft gemacht. Einzelne sind U. zwar sogleich zur Seite gesprungen, aber es waren eben nicht allzu viele und deren Beistand kann nachträglich die geschlagenen Wunden nicht heilen. U. sitzt mir heute Nachmittag völlig niedergeschlagen gegenüber, so als würde das Echo der auf sie abgegebenen verbalen Schüsse noch immer nachhallen. In einem freudlosen Tonfall erfahre ich nun all die häßlichen und schmutzigen Interna dieses altehrwürdigen Vereins. Vom gemeinsamen Bordellbesuch des Vorstandes nach der letztjährigen Weihnachtsfeier bis zur vertraulichen Privatinsolvenz des früheren Ehrenvorsitzenden ist alles dabei. Ein Teil der besagten Personen ist mir aus der persönlichen Begegnung heraus oder aufgrund ihrer öffentlichen Ämter bekannt. Das meiste hat mich sehr amüsiert. Ein Teil davon ist jedoch grenzwertig. Zu den Mitgliedern gehört auch ein Blinder, für welchen der Club Fördergelder aus dem Steuersäckel kassiert. Als die Dusche in der Umkleidekabine der Frauen defekt war, sollen sich tatsächlich mehrere der älteren Sportlerinnen unter die Brause der Männer gestellt haben, ohne daß der Blinde dort das selbst bemerkte. Außerdem hatte der Trainer eine amoröse Beziehung zu einer der minderjährigen Aktiven. Hinsichtlich der Flut der Einwanderer beginnt das bisher Schleichende nun zu rennen, und in der Bevölkerung wird der Ton rauher. Es knirscht hörbar im Gebälk. U. ist aus dem Verein ausgetreten. Sie hat sich besonders über eine Floskel im Antwortschreiben geärgert, die das Bedauern über ihren Austritt karikiert. Auf beiden Seiten werden jetzt Freundschaften aufgekündigt und Kontakte gemieden. Man will im wahrsten Sinne des Wortes nicht länger miteinander im selben Boot sitzen.

Tagebuch-Eintragung

Der Briefkasten vor meinem Haus ist mutwillig beschädigt worden. Jemand hat die Klappe herausgestemmt. Heute Morgen lag sie neben einem Seil am Boden, das bei einem Nachbarn entwendet wurde. Vermutlich wurde der Strick an einem Fahrzeug befestigt, und jemand hat die Abdeckung auf diese Art herausgerissen.
„Sie bekommen neue Anwohner", sagt der Schlosser, während er den Schaden behebt. „Wußten Sie das schon?"
„Wie meinen Sie das?"
„Die leerstehenden Wohnungen sind beschlagnahmt worden."
„Alle?"
„Ich glaube schon, zumindest jene in dem denkmalgeschützten Haus gegenüber. Dort ziehen nun diese Flüchtlinge ein."
„Haben sich die Eigentümer nicht gewehrt?"
„Doch, aber es hilft nichts. Der Staat hat das Recht, Privateigentum zu beschlagnahmen, wenn es der Gefahrenabwehr dient."
„Ich verstehe nicht. Welche Gefahr wird abgewehrt?"
Mit einem Schraubenzieher versucht er. die Klappe im Inneren des Kastens zu arretieren.
„Die Obdachlosigkeit der Flüchtlinge würde Sicherheit und öffentliche Ordnung gefährden."
„Ich habe noch gar keinen obdachlosen Flüchtling gesehen."
„Ich auch nicht, aber es sind eben noch lange nicht alle hier."
Ich stehe fassungslos vor dem Handwerker, der im Augenblick alle verfügbare Kraft zusammennimmt, um eine Schraube ins Gewinde zu zwingen.
„Ich komme viel herum und spreche mit den Leuten. Man hört nichts Gutes von den Ankömmlingen. Viele haben Angst."
Probeweise öffnet und schließt er die Klappe mehrfach.
„In den Massenunterkünften terrorisieren sie sich gegenseitig. Vor allem die Frauen und Kinder sollen betroffen sein. Nach draußen

dringt davon nur sehr wenig. Jetzt werden sie auf uns losgelassen. Wenn das nur gut geht!"

Der Briefkasten ist wiederhergestellt, und ich frage ihn nach einer Rechnung. Er schüttelt den Kopf, und wir regeln das Finanzielle unter der Hand. An uns beiden verdient dieser Staat nichts mehr.

Tagebuch-Eintragung

In der Altstadt komme ich zufällig an einem Bühnenaufbau vorbei. Ein bärtiger Mann mit einer gehäkelten Kopfbedeckung und einem weißen Langhemd spricht vor einer durchmischten Zuhörerschaft. Ein Teil der Personen gehört wohl zu seinen Anhängern, andere sind aus Interesse stehen geblieben, und etwas abseits steht eine Gruppe Jugendlicher, welche die Veranstaltung zu stören versucht. Die Sympathisanten sind fast alles Migranten. Immer wieder unterstützen sie den Prediger mit Beifall oder antworten auf seine Beschwörungen in einer fremden Sprache. Das Gelegenheitspublikum hält sich zurück. Eine Frau hat ihre Einkaufstasche zwischen die Beine gestellt und verfolgt mit steinerner Miene dem Auftritt. Eine andere Frau mit einem Kind an der Hand passiert mit aller Eile die Menschenmenge. Der Redner tritt selbstbewußt auf. Für ihn gibt es keine Zweifel an der zukünftigen Rolle seiner Religion in diesem Land und darüber hinaus in der Welt. Er spricht von dem gesellschaftlichen Verfall, der Verderbtheit der Sitten und den Lügen der Medien. Aber da ist nicht nur die Siegesgewißheit seines Glaubens über die düsteren Mächte der Gegenwart, er hat auch ein missionarisches Angebot auf Teilhabe im Gepäck. Seitlich vor der Bühne steht ein Tisch mit Büchern. Bis jetzt hat noch keiner der Anwesenden ein Exemplar entgegengenommen. Der Sprecher gefällt mir nicht. Er ist zu laut und geht seine Zuhörer zu direkt an. Ihm fehlt die Kontemplation und das Fingerspitzengefühl. Seine Rhetorik entspringt einer anderen Kultur und verfängt deshalb nur schwer. Doch andererseits sind jene Mißstände, welche er angesprochen hat, nur allzu real. Schon lange regieren Trug und Täuschung im Land, und viele sagen, es sei aus sich selbst heraus

nicht mehr reformierbar. Ich trete langsam an den Büchertisch heran. Eine junge Frau mit einem schwarzen Kopftuch lächelt mich
freundlich an.

„Interessieren Sie sich für unsere Heilige Schrift?"

Wenn ich jetzt ehrlich wäre, müßte ich antworten, daß mein Interesse als Atheist allenfalls in einer kritischen Inhaltsbestimmung
besteht. Stattdessen nicke ich nur mit dem Kopf. Die Frau reicht
mir einen in grünes Leinen gebundenen Band.

„Wenn Sie in unserer Heiligen Schrift gelesen haben und mit uns
darüber reden wollen, dann melden Sie sich bitte hier."

Sie legt eine Visitenkarte in das Buch.

„Sie sollten keine Angst vor uns haben. Jeder, der mit uns Kontakt
aufnimmt, hat jederzeit das Recht, wieder zu gehen. Wir nehmen
niemanden gefangen."

Ich bedanke mich höflich.

Tagebuch-Eintragung

Die Gemeinden sind mit der Finanzierung des Migranten-Zustroms
überfordert. Ein steuerpolitischer Solidarpakt zugunsten der Flüchtlinge – ich habe aufgehört, sie so zu bezeichnen, verwende das Wort
jedoch noch dieses eine Mal – soll für die Kosten aufkommen. In den
vergangenen Monaten ist eine regelrechte Industrie entstanden, die
von der entfesselten Zuwanderung lebt: Anwaltskanzleien, die auf
die Interessen der Migranten spezialisiert sind; Verpächter herunter-
gekommener Herbergen; Verköstigungs-Unternehmen, welche sich
auf die verschiedenen religiösen Speisegesetze verstehen; unzählige
Beamte, die mit den Aufnahmeverfahren betraut sind; Hersteller von
Zelten und Containern sowie viele andere mehr. Dieser Wirtschafts-
zweig boomt. Es ist eine Wachstumsindustrie, und es ist bezeich-
nend für unseren Politik-Betrieb, wie dieses Steuergesetz durch die
parlamentarischen Instanzen geschleust wurde. Während früher der
Freigabe öffentlicher Gelder ein langwieriger parteipolitischer Streit
vorausging, hat man als Bürger jetzt das Gefühl, das Steuergesetz
husche an einem vorbei. Beim Volk ist die Zwangsabgabe erwar-

tungsgemäß wenig populär. Aber darum kümmert sich das Kartell der Herrschenden schon lange nicht mehr. Man macht uns weis, es handle sich um eine Zukunftsinvestition, da das Land ökonomisch dringend auf zugewanderte Fachkräfte angewiesen sei. Hinter vorgehaltener Hand wird gemunkelt, daß die diesbezüglichen wirtschaftswissenschaftlichen Gutachten nicht von unabhängigen Instituten kommen.

Wir schaffen uns ab und bezahlen dafür auch noch aus eigener Tasche. Der Unmut in der Bevölkerung wächst. Immer wieder kommt es zu öffentlichen Protesten. Es ist, als ob sich die Gesellschaft spaltet. Auf der einen Seite stehen die Untertanen, welche unverbrüchlich zur Einwanderungsflut stehen, auf der anderen Seite finden sich die Dissidenten wieder. Noch sind es eher wenige, und ihre Stimme im öffentlichen Raum ist leise und brüchig. Aber sie gewinnen zunehmend an Boden. Der Staat reagiert darauf mit immer härteren Sanktionen. Auch in den Medien wird der Ton gegen die Kritiker schärfer. Beleidigungen, Verunglimpfungen, Unterstellungen – alles ist gegen diesen Feind erlaubt. Die Verweigerung der „Solidarität mit den Neubürgern", wie die Immigranten jetzt im Sprachgebrauch der Redaktionen genannt werden, entspricht ungefähr dem Straftatbestand der Ketzerei im Mittelalter. Die heutigen Sanktionen mögen vielleicht noch nicht an die Instrumente der Inquisition heranreichen, aber das wird durch eine gewisse Lückenlosigkeit in der Überwachung und Verfolgung der Täter ausgeglichen. Das mediale Trommelfeuer bewirkt ein Klima des Mißtrauens unter den Menschen. Nur ein kleiner Teil der Dissidenten gibt sich als solche zu erkennen. Meist sind das jene, die wirtschaftlich unabhängig sind oder solche, die ohnehin nichts mehr zu verlieren haben. Die überwiegende Mehrheit im Land schweigt. Man tauscht sich über die banalsten Dinge aus, nur um der Verlegenheit zu entgehen, etwas zur politische Situation sagen zu müssen. Die Leute wirken in diesen Tagen auf eigenartige Weise theatralisch. Ich male mir in Gedanken ein Haus aus, in dessen Küche ein Elefant haust und dessen Bewohner unablässig so tun, als sei dieses Rüsseltier gar nicht da. Dies ist der Eindruck, den die meisten Bürger im Alltag abgeben.

Traumaufzeichnungen

Erste Traumsequenz: *In der elterlichen Wohnung stehe ich vor der geschlossenen Wohnzimmertür. Ich traue mir nicht, sie zu öffnen. Da kommt aus dem Badezimmer ein untersetzter Mann mit Glatze und bewegt sich mit übertriebenen Bewegungen im Kreis. Ich will wissen, was den Mittelpunkt dieses Kreises ausmacht, kann es jedoch nicht erkennen.*

Zweite Traumsequenz: *An meiner Lesebrille ist ein Bügel abgebrochen.*

Dritte Traumsequenz: *Ich sitze im Wartezimmer eines Arztes. Endlich öffnet sich die Tür, und ich werde herein gerufen. Da steht der Arzt völlig unbekleidet vor mir. Ich erwache zu Tode erschrocken.*

Die erste Sequenz hat offensichtlich mit der Autorität meines Vaters zu tun oder vielmehr mit der Tatsache, daß mir der Zugang zu ihm verwehrt blieb. Das Badezimmer ist ein intimer Ort. Der Kobold erinnert mich an Rumpelstilzchen. Ich habe mich nochmals in die tiefenpsychologischen Deutungen dieses Märchens vertieft, fand jedoch keine befriedigende Interpretation in Zusammenhang mit meiner gegenwärtigen Lebenssituation. Die meisten Analytiker sehen in Rumpelstilzchen einen weiblichen Animus. Auch der zweite Teil des Traumes gefällt mir nicht. Eine Brille steht meist für eine klare Sicht oder eine realistische Einschätzung. Diese fehlt mir scheinbar im Augenblick. Der Arzt im dritten Teil des Traumes bin wahrscheinlich ich selbst, auch wenn meine Praxis kein Wartezimmer hat. Etwas an mir hat sich gewandelt, und ich werde mir dessen, wie durch einen Schock, bewußt.

Tagebuch-Eintragung

Ein prominenter Schriftsteller, Drehbuchautor und Journalist hat auf einer Veranstaltung von Oppositionellen eine Rede gehalten und damit einen Eklat provoziert. Auf der Kundgebung, die sich eigentlich gegen die unkontrollierte Einwanderung richtete, verlas er einen Text aus seinem neuesten Buch. Das ist seit Monaten erhältlich, und niemand hat bisher an den stilistisch vulgären Formulierungen, die für den Verfasser charakteristisch sind, Anstoß genommen. Die Rede, die eher genuschelt als stimmgewaltig vorgetragen wurde, enthielt allerlei homophobe und frauenfeindliche Klischees, Unverschämtheiten und verwahrloste Beleidigungen. Aus gegebenem Anlaß hatte er spontan einzelne Schmähungen gegen Politiker und Medien eingefügt, die jedoch in jeder Hinsicht mißlangen. Das Publikum vor Ort konnte den Redner nur schwer verstehen, und das Ganze war auch zu lang geraten, so daß der Vortrag vom Veranstalter unter einem Vorwand zwanzig Minuten früher abgebrochen wurde. Der Auftritt war also in jeder Hinsicht ein Mißerfolg. Die Sache wäre nicht weiter erwähnenswert, wenn die Existenz des Redners nicht mit jener Radikalität vernichtet worden wäre, die ich nur in totalitären Staaten für möglich gehalten hätte. Die Staatsanwaltschaft leitete ein Verfahren wegen des Verdachts der Volksverhetzung ein, die Presse erzeugte mit aus dem Zusammenhang gerissenen Zitaten eine völlig unangebrachte Hysterie, und die Verlage kündigten ihre Autorenverträge auf. Es gibt für den Autor medial keine Möglichkeit, sich zu rechtfertigen. Er ist völlig isoliert. Die Politik muß nicht mehr einschreiten. Es bedarf keiner Befehle mehr, um einen Mißliebigen aus dem Verkehr zu ziehen. Der politisch korrekte Gehorsam ist so vorauseilend, daß kein Machthaber mehr einen Finger rühren muß, um die Kritik mundtot zu machen. Die Macht wird nur noch im Bedarfsfall von oben nach unten ausgeübt. Sie zirkuliert unsichtbar, pausenlos kontrollierend auf allen gesellschaftlichen Ebenen. Vielleicht hatte ich das schon vor diesem Fall geahnt. Ich hätte aber nie gedacht, daß dieser Mechanismus so verläßlich funktioniert.

Tagebuch-Eintragung

Täglich kommen mehr als zehntausend Flüchtlinge ins Land. Und das sind die offiziellen Zahlen. Der Grenzschutz gibt zu, die

Aufgegriffenen nicht mehr zu registrieren. Die Kontrolle über die Einwandernden ist längst verloren gegangen. Vielleicht würden die Behörden verfügbare Zahlen auch gar nicht mehr veröffentlichen. Das Mißtrauen gegenüber der staatlichen Autorität und den weitgehend gleichgeschalteten Medien ist gewachsen. Immer häufiger wird die Frage gestellt, wie es weitergehen soll. Es kann gar nicht so schnell Wohnraum saniert oder neu gebaut werden, wie die Menschen ins Land kommen. Gesetzesänderungen werden diskutiert, welche die Beschlagnahmung leerstehender privater Immobilien erlauben. Das gehört zur praktischen, administrativen Seite der sogenannten Flüchtlingsproblematik. Der lautstarke Optimismus der Herrschenden – „Das wäre doch gelacht, wenn wir das nicht hinbekämen!" – sowie die hochtourige Beharrlichkeit der Presse übertönen jene fast unhörbaren seismischen Verlautbarungen der Volksseele, welche nur allzu oft tektonischen Beben vorausgehen. Wie hoch wird die Bereitschaft der Bevölkerung sein, mit den Fremden zu teilen? Evolutionsbiologen gehen davon aus, daß ein rationales Maß an Altruismus eine Verwandtschaftsbeziehung voraussetzt. Ich lasse mich auf ein Gedankenspiel ein und stelle mir eine radikalaltruistische Ideologie vor, welche Eltern verbietet, ihren Kindern mehr als ein Minimum an Zuwendung und Bildungsinvestitionen zukommen zu lassen. Stattdessen soll das Gros der Mittel in dieser utopischen Gesellschaft in erster Linie in die talentiertesten Kindern der Population gesteckt werden. Ich denke eine Weile darüber nach, ob diese Gesellschaft ohne diktatorischen Zwang langfristig stabil wäre. Am ehesten könnte man sich das vorstellen, wenn die Männer in diesem Land bezüglich ihrer Vaterschaft nur sehr ungewisse Erwartungen hätten. Mit Frauen wäre das Ganze ohnehin nicht zu machen. Ich befehlige mich ins Hier und Jetzt zurück. Manchmal neige ich dazu, diffuse Zweifel, Ungereimtheiten oder latente Widerstände auf eine intellektuelle Ebene zu zitieren und bin am Ende auch nicht klüger als zuvor. Es sind diese flüchtigen Eindrücke des Alltages, die sich nicht verdrängen lassen und mich nachdenklich stimmen: jener Mann gestern vor der Spielhalle, der den Kopf senkte, bevor er an einer Gruppe Flüchtlinge vorbei ging, weil er fürchtete, sein freier Blick könnte als Provokation aufgefaßt werden; oder die Geschäftsführerin im Bekleidungsgeschäft, welche die fremden Frauen geduldig in ihren Waren stöbern ließ und ihnen beim Verlassen des Ladens noch freundlich zunickte, dann jedoch eilig ein Fenster öffnete. Die Migration entpuppt sich als ein sich selbst verstärkender Prozeß. Normalerweise spricht man in diesem Zusammenhang von einem System mit positiver Rückkopplung. Je mehr Flüchtlinge hier unterkommen, desto mehr machen sich in den Herkunftsländern auf den Weg. Ein Ende ist nicht in Sicht. Die Politik behandelt die Überflutung des Landes als schicksalhafte Entwicklung. Der Zeitdruck und die Sachzwänge verbieten das Nachdenken über andere Entscheidungsmöglichkeiten. Alternativlos sei die bisherige Flüchtlingspolitik, und damit erübrige sich jede grundsätzliche Diskussion sowie Argumentation. Meiner Überzeugung gemäß lebt der Geist der Demokratie aus der Deliberation, der Reflexion über konkurrierende Lösungsansätze sowie der Transparenz. Davon ist hier im Land nichts mehr zu erkennen. Das Ganze erinnert eher an absurdes Theater, nur daß das Publikum auf keinen Godot wartet, sondern auf eine sinnstiftende, politische Erklärung. Angeblich werden die Flüchtlinge alle dringend gebraucht, aber keiner kann sagen für was. Angeblich sind die Migranten eine Bereicherung, aber kein anderes Land reißt sich um sie. Alles wartet auf einen erlösenden Auftritt des Regisseurs, nachdem der Vorhang endlich gefallen ist, aber der Irrwitz hat scheinbar gar kein Ende. Wir leben in einer Welt der korrumpierenden Worte. Sie halten uns davon ab, das zu erkennen, was uns jenseits dieser Worte bevorsteht. Manche von uns lassen sich täuschen, andere haben Angst vor der Realität. Doch jene Ereignisse, die da kommen, lassen sich durch diese Worte nicht bannen. Das steht fest.

Tagebuch-Eintragung

Der Besuch bei Gernot an diesem Wochenende hat mich nachdenklich zurückgelassen. Er ist Pfarrer in einem Zwölftausend-Seelen-Städtchen und gedeiht in seinem Beruf und in seinem

Glauben. Jenseits seiner Berufung wirkt er jedoch einsam, und da und dort ist versteckt auch etwas Traurigkeit zu erkennen. Wir sitzen im Wohnzimmer des alten Pfarrhauses. Wie ich erwartet hatte, verfügt er über einen überbordenden Buchbestand. Man sieht sofort, ob ein Bücherschrank eine dekorative Funktion hat oder eine funktionelle. Es ist fast ausschließlich theologische Literatur, zu einem großen Teil wohl antiquarisch erworben. Wir trinken Rotwein und reden über unsere gemeinsame Schulzeit. Er hat einzelne Klassenkameraden und -kameradinnen wiedergetroffen, ich kann mich jedoch an keinen von diesen erinnern. Dann kommen wir auf die Religion und die Flüchtlingskrise zu sprechen, das bedeutet in diesem Fall auf meinen Atheismus und an seine Erweckung in der Adoleszenz.

„Der christliche Glaube schenkt uns eine innere Freiheit und Unabhängigkeit, welche uns dazu aufruft, den nahen und fernen Nächsten beizustehen. Wir dürfen keine Festung um uns herum bauen."

Nach und nach wird mir klar, daß Gernot die Problematik von einem ganz anderen Standpunkt aus betrachtet. Er ist auf Gedeih und Verderb auf seine christlichen Werte verpflichtet, die ihm ein geradezu unbeschränktes Maß an Solidarität mit den Elenden – an einer Stelle des Gesprächs nennt er sie auch „die Verdammten dieser Erde" – abverlangen. Die universelle Botschaft der Evangelien, das rein Normative, verdrängt völlig das Faktische mit seinen Konsequenzen.

„Alle, die kommen, sind unsere Brüder und Schwestern, weil sie von Gott her willkommen sind. Sie beschenken uns wie wir sie, und deshalb dürfen sie auch nicht auf Zäune, Lager oder Grenzen stoßen. Wir stehen in der Pflicht, zu zeigen, daß wir nicht für Abschottung und Selbstbehauptung stehen, sondern Räume der Freundschaft, Sicherheit und des Wohlstandes für die Schutzsuchenden bieten."

„Aber was ist mit uns? Ich meine, was ist mit jenen, denen dieses Land Heimat ist?"

„Wir werden uns ändern müssen, genauso wie die Ankommenden ihre Lebensgewohnheiten anpassen müssen. Durch die Flücht-

lingsströme werden die gewohnten Weisen des Miteinanders ge-
sprengt werden. Unser Wohlstand wird sich wandeln wie auch unsere Art, gemeinsam in Frieden zu leben. Glaube mir, wir werden
zu einer Gesellschaft des Teilens finden. Es gilt, was ich zuletzt in
meiner Predigt vor drei Wochen betonte: Der finsterste Kerker ist
das geschlossene Herz."

„Europa wird bei der jetzigen Entwicklung schon bald muslimisch
werden", gebe ich zu bedenken.

„Ja, in zwei oder drei Generationen, Westeuropa wenigstens", antwortet er und nickt mit dem Kopf.

„Glaubst Du, die Muslime werden uns mit derselben Toleranz dulden, wie wir sie willkommen geheißen haben?"

„Ich weiß es nicht. Aber Du kannst mir glauben, wenn ich mit diesen Menschen gesprochen habe, dann mußte ich oft erfahren, daß
furchtbare Schicksale darunter waren. Sie haben in vielen Fällen
Entsetzliches erlebt. Durchlebt. Überlebt."

„Hast Du je erwogen, Flüchtlinge in das Pfarrhaus aufzunehmen?"

„Nein, bisher noch nicht. Das Gebäude ist denkmalgeschützt und
läßt sich daher nicht zu diesem Zweck umbauen. Außerdem sucht
die Stadt nach größeren Bezugseinheiten zur Unterbringung."

Ich spüre, daß ihm das Thema unangenehm ist, und wir reden zunächst wieder über Privates. Dann kommen wir auf die Dichotomie
zwischen Theologie und Physik zu sprechen. Es geht um hyperbo-
lische gekrümmte Geometrien und die Frage, ob das Universum
eines Tages mit einem donnernden Knall oder einem leisen Win-
seln kollabiert. Möglicherweise hatte Gernot schon von Anfang an
geahnt, daß unser Dialog an dieser Stelle auf die Frage nach der
Schöpfung hinausläuft.

„Ich bleibe dabei, sowohl die Philosophen als auch die Theologen
haben sich das Nichts falsch vorgestellt", gebe ich zu bedenken.

„Heideggers Satz ‚Das Nichts nichtet' ist vor dem Hintergrund der
modernen Physik nicht haltbar. Das Sein kann sehr wohl aus dem
Nichts hervorgehen."

Ich stehe auf Gernots Spielwiese. Er liebt diese intellektuellen Dis-
pute genauso wie ich. Nie wird er sich geschlagen geben, aber auch
nie einen Zweifler als Ketzer verurteilen.

„Eine Genesis ohne Gott, eine Schöpfung ohne Schöpfer? Wir sollten da schon etwas genauer hinsehen. Physiker zeigen, daß eine Entstehung des Universums aus dem Nichts theoretisch möglich ist. Sie können aber nicht beweisen, daß nachweislich je etwas aus dem Nichts hervorgegangen ist. Das gilt insbesondere für unsere menschliche Existenz."

„Einverstanden, aber ist eine Schöpfungsgeschichte in sieben Tagen oder die Erschaffung des Menschen aus Lehm glaubwürdiger? Und wie steht es um die unendliche Regression des Schöpfers? Wer war der Schöpfer des Schöpfers und so fort?"

„Du solltest nicht vergessen, daß das Nichts in der Vorstellung der Physiker gewisse Eigenschaften hat. Ich glaube, man kann es drehen, wie man will. Wir Theologen – wie übrigens die meisten Menschen – verstehen unter dem Nichts einfach etwas anderes."

Die Weinflasche ist fast leer, und mein Zug fährt in einer dreiviertel Stunde. Gernot begleitet mich zum Bahnhof. Es ist ein milder Spätsommerabend. Ehe ich in den Waggon steige, versprechen wir uns, wechselseitig in Kontakt zu bleiben. Auf der Rückfahrt denke ich lange über diese Begegnung, in welche ich insgeheim so hohe Erwartungen gesteckt hatte, nach. Die Fähigkeit, einen gesellschaftlichen Sachverhalt nüchtern einzuschätzen, ist offenbar kein Privileg des Gebildeten, und umgekehrt können uns gerade unsere geschulten Sinne über die Realität hinwegtäuschen. Vielleicht hat jeder von uns schon vor langer Zeit in seinem Leben – ohne die gegenwärtige Misere auch nur zu ahnen – die Weichen so gestellt, daß er jetzt unfreiwillig dem einen oder dem anderen Lager angehört.

Tagebuch-Eintragung

Ich habe im Pub zu Mittag gegessen. Hier sitzt eine Mischung aus Geschäftsleuten, Studenten und anderen Einzelpersonen an langen Tischen und bestellt eines der drei Tagesmenus. Man nickt sich zur Begrüßung zu, fragt ob der Platz noch frei sei und vertieft sich dann in Akten, Skripten oder eine der ausliegenden Zeitungen. Gewalttätige Übergriffe auf die alteingesessene Bevölkerung sind noch Einzelfälle, aber fast täglich kommt es in den Unterkünften der Migranten zu Massenschlägereien. Die Polizei muß mit Großaufgeboten anrücken, wird der Lage aber oft erst nach etlichen Stunden Herr. Die mediale Willkommens-Party ist zu Ende. Man ist in den Redaktionen beim Formulieren der Meldungen wieder im Alltag angekommen. Das „Tasten und Suchen" habe nun begonnen, heißt es. Ich frage mich wonach und finde nirgends eine Antwort. Schließlich gebe ich mich mit der Vorstellung zufrieden, daß es sich dabei einfach um eine Phase handelt, die so benannt wird. Manche besorgten Bürger betrachten die Krawalle als ein Wetterleuchten an einem blutroten Horizont. Ein bevorstehender Bürgerkrieg wirft seine unheilvollen Schatten voraus. Aber das wird nur geflüstert. Die große Politik verkündet etwas anderes. Eine neue Gesellschaft sei am Entstehen. Und sie räumt ein: Niemand habe behauptet, es werde keine Probleme geben. Aber am Ende würden „wir" alle – irgendwie – profitieren. Nur ein notorischer Kleingeist würde an diesem Punkt Fragen stellen oder gar Zweifel anbringen. Ich lege die Zeitung daher wieder in die Mitte des Tisches zurück. Eine dunkelhaarige Frau, die wie ich auf ihr Essen wartet, hat sich mir unbemerkt gegenüber gesetzt und schaut mich fragend an.

„Sie wirken beunruhigt", stellt sie lächelnd fest, so als hätte sie mich insgeheim schon lange durchschaut. Offenbar hat sie bemerkt, welchen Artikel ich gelesen habe.

„Ja, das stimmt, ich mache mir Sorgen", antworte ich ernst.

„Das hängt auch damit zusammen, daß sie diese Menschen kaum kennen", erwidert sie in einem nachdenklichen Tonfall.

Jetzt bin ich also ganz unverhofft auf eine dieser sogenannten Unterstützerinnen oder Flüchtlingshelferinnen gestoßen, welche das Desaster managen. Ich schaue sie mir genauer an. Sie wirkt gepflegt und macht nicht jenen weltfremden Eindruck der Jubelperserinnen an den Bahnhöfen.

„Ich habe viele Jahre in den Ländern verbracht, aus denen diese Einwanderer kommen", sagt sie, auf meine Antwort verzichtend.

„Als Entwicklungshelferin?" frage ich ins Blaue hinein.

„Nein, ich arbeitete als Ingenieurin bei Projekten eines internationalen Technologiekonzerns mit."

„Das ist ungewöhnlich für eine Frau, besonders in diesen Ländern."
„Ja, es ist als Frau in diesem Beruf aber auch in europäischen Ländern nicht einfach. Auch da habe ich schon manches erlebt."
„Sie haben also gar keine Angst?"
„Doch, was da am Entstehen ist, macht mir große Sorgen. Aber verstehen Sie, es sind nicht diese Menschen und ihre fremde Kultur, aus der sie kommen, die mich beunruhigen. Es geht mehr darum, daß wir sie aus ihrer Zivilisation herauslösen und damit auch aus den ihnen auferlegten Bindungen und Verpflichtungen."
„Sie meinen, wir entfesseln hier etwas?"
„Ja, diese Menschen sind nicht wirklich schlecht. Sie sind vielmehr anders. Indem wir sie aus ihren Zusammenhängen herausbrechen, machen wir sie erst gefährlich."
Ich verstehe, was mir die Frau zu erklären versucht. Bisher waren die Ankömmlinge bloße Projektionsflächen für uns. Da wir sie nicht wirklich kannten, konnten wir in ihnen sehen, was wir wollten: hilfreiche Glücksbringer oder habgierige Landnehmer, ungezähmte Exoten oder dreiste Betrüger. Das Feld hatte unseren Vorurteilen, verzerrten Informationen und uneingestandenen Wünschen gehört. Jetzt waren sie da, ob wir es begrüßten oder nicht. Und von nun an würden wir sie so erleben, wie sie tatsächlich waren. Das erinnert mich an eine Szene, die ich letzte Woche in der Altstadt erlebte. Eine Gruppe von zugewanderten Männern lief durch eine der Gassen. Das Dutzend nahm die ganze Straße für sich in Anspruch. Als eine Radfahrerin sich einen Weg bahnen wollte, war keiner von ihnen bereit, zur Seite zu weichen. Die Frau machte sich mit einer Klingel bemerkbar, aber keiner reagierte. Schließlich blieb die Horde abrupt stehen und wandte sich der Störerin zu. Ohne ersichtlichen Grund stieg sie erschrocken vom Rad und wartete, bis die Männer in einer Seitengasse verschwanden.

Nachbetrachtungen zur Sitzung mit Jenny F.

F. ist 17 Jahre alt und damit meine jüngste Patientin. Sie ist eine gute Schülerin und wird voraussichtlich noch dieses Jahr Abitur machen. Die Probleme, welche sie zu mir führen, sind nicht klinischer Natur. Vielmehr ist sie aufgrund ihrer hohen Intelligenz und der damit verbundenen Sensibilität den Stürmen der Pubertät in höherem Maße ausgesetzt als gewöhnliche Heranwachsende. Hinzu kommen noch familiäre Schwierigkeiten mit ihrem bildungsbürgerlichen Elternhaus. F. engagiert sich seit über einem Jahr bei einer internationalen Menschenrechtsorganisation und eine links-ökologischen Partei. Ihre Bereitschaft, sich politischer Probleme anzunehmen, ist typisch für Jugendliche aus der Mittelschicht, welche von den persönlichen Herausforderungen des realen Lebens noch weit entfernt sind. Obwohl ich selbst nie eine politische Affinität zur Linken hatte, kann ich mit der Patientin gut über ihre diesbezüglichen Aktivitäten kommunizieren. Sie hat vor einigen Wochen an einer Demonstration gegen Proteste von Einwanderungsgegnern teilgenommen. Ihre Einstellung zu dieser Frage ist von der klassischen Spaltung in „Wir-sind-die-Guten" und „Ihr-seid-die-Haßprediger" geprägt. Es ist auffallend, wie kompatibel die Linke diesbezüglich an die bürgerlichen Schichten anknüpft. Hier hat ein grundsätzlicher ideologischer Austausch stattgefunden: Nicht länger die Arbeiterklasse ist das Subjekt der Geschichte mit ihrer revolutionären Dynamik, sondern der Einwanderer beziehungsweise seine Lobbyisten in den Industrieländern. In den Medien haben die Flüchtlinge als pauperisierte Masse zwar eine gewisse Ähnlichkeit mit dem verelendeten Proletariat des 19. und 20. Jahrhunderts, doch die Appelle richten sich eindeutig an das Kleinbürgertum mit seiner spezifischen Arbeitsethik. In den Vereinen, Kommunen und im karitativen Bereich selbstlos die Ärmel hochzukrempeln, gilt als das Gebot der Stunde. Zusammenzurücken, das schmale bourgeoise Besitztum zu teilen und gleichzeitig eine nach außen gekehrte Anständigkeit zu zelebrieren, das sind die Tugenden der Einwanderungsbefürworter. Die angeblich krawallverliebten Kritiker des Zustroms hingegen tragen die Charakterzüge des vulgären, intellektuell unterlegenen Proletariers. Das ist die heutige Linke – wenn man so sagen will. Denn sie unterscheidet sich von der rechten Mitte nicht mehr in ihren Zielen, sondern – wenn überhaupt – nur noch in ihren Argumenten und ihrem Schwerpunkt auf humanitären Aspekten. Aber auch die Vertreter der Industrieinteressen haben ihre stets emsig kalkulierenden Krämerseelen geläutert und greifen die menschliche Not so auf, wie sie sich ihnen präsentiert. Anstatt die angeblich fehlenden Fachkräfte zu ermitteln und gezielt ins Land zu holen, wird die unbestätigte Qualifikation der Ankömmlinge in den höchsten Tönen gelobt und als unverzichtbarer Beitrag zu den blühenden Landschaften der nahen Zukunft erklärt. Beide Seiten verbindet die naive Vorstellung, daß die bunt zusammengewürfelten Scharen der Angelandeten zu guter Letzt – irgendwie – ein Zugewinn sein würden. Wer auf Unwägbarkeiten und mögliche Konflikte verweist, gilt als Miesepeter oder Menschenfeind.

Tagebuch-Eintragung

Ich habe in jenem grünen Buch gelesen, das die Strenggläubigen mir in der Fußgängerzone mitgegeben hatten. Früher hätte ich das nicht getan. Mein Atheismus ist mit einem tiefen Mißtrauen gegenüber jeder Form von Religiosität verbunden. Ich habe diese Gottlosigkeit immer mit Stolz getragen. Für mich gab es keinen Trost und keine Hoffnung, keine Teilhabe an einer spirituell erhabenen Gemeinschaft, ja nicht einmal das Versprechen eines letzten Geleits. Die sprunghafte Art, wie ich in der Schrift las, war auch nicht jene eines Gläubigen oder wenigstens eines Suchenden. Manchmal läßt sich mit einem oberflächlichen Blick mehr erkennen als mit tiefgründigen Analysen. Es brauchte nicht lange, und ich stieß auf jene Textstellen, welche sich auf den Umgang mit Frauen und Andersgläubigen beziehen, und heutzutage in unseren Ohren so archaisch klingen. Ich habe übrigens ein gewisses Talent, solche kontroversen Passagen aufzuspüren. Von Langeweile getrieben, hatte ich einst als Konfirmand mit schaurigem Vergnügen jene Abschnitte des Alten Testament studiert, welche so ganz und gar der Vorstellung eines gütigen

Gottes widersprechen. Ich kann jetzt schon nicht mehr genau sagen, was mich zur Lektüre des grünen Buches getrieben hat. Vielleicht die Neugier an einem Glauben, der sich, getragen von den Scharen der Einwanderer, im Land in Windeseile ausbreitet. Es könnte jedoch auch ein Anflug von Verzweiflung gewesen sein, der mich in einer Zeit der Orientierungslosigkeit nach einem weltanschaulichen Kompaß Ausschau halten ließ. Nach zermürbenden inneren Kämpfen vereinbarte ich ein Treffen mit einem der Gelehrten der Bewegung und war zunächst von seiner Selbstsicherheit, seiner Belesenheit sowie seiner Höflichkeit beeindruckt. Uns verband die Sorge um die Zukunft unserer Heimat und unserer Kinder, die Ablehnung des zeitgenössischen Staates, die Verwerfung einer verlogenen Schuldknechtschaft sowie die Zurückweisung hegemonialer transatlantischer Einflüsse. Mir gefiel die Unerschütterlichkeit, mit welcher der weise Mann zu seinen Prinzipien stand. Er baute auf fest gefügtem Grund. Keine Mode oder andere Oberflächlichkeit fand in seinen Auslegungen Platz. Und in keinem Augenblick des langen Dialogs hatte ich auch nur den geringsten Zweifel daran, daß er seinen Glauben nicht nur Tag für Tag lebte, sondern auch jederzeit bereit war, für ihn zu sterben. Doch irgendwann begann mich zu irritieren, daß wir im Grund genommen immer über dieselben Dinge redeten. Die Konversation ging nie in die Breite, soviel Tiefgang sie auch hinsichtlich unserer ausdrücklichen Gemeinsamkeiten gewinnen mochte. Als wir dann auf wirtschaftspolitische Fragestellungen zu sprechen kamen, etwa das Zinsverbot im Islam, zeigte sich mein Diskutant gegenüber ökonomischen Argumenten wenig zugänglich. Überhaupt, immer wenn ich das Primat des Wissens gegenüber dem Glauben betonte, verdüsterte sich sein verbindliches Schweigen. Im Grunde genommen war seine Theologie nichts anderes als ein einfach gestrickter, um nicht zu sagen primitiver Konservatismus. Dessen revolutionäres Potential schöpft sich aus nichts anderem als seiner totalen Kompromißlosigkeit. Die Gastfreundschaft meines Gegenübers blieb dennoch bis zum Schluß eine feste Burg. Mit aller Höflichkeit bedankte ich mich für den wechselseitigen, fruchtbaren Austausch und gab zum Abschied das grüne Buch zurück.

Tagebuch-Eintragung

Das Staatsoberhaupt hat sich einmal mehr zu Wort gemeldet. „Unser Land", so drückt er sich für gewöhnlich aus, werde sich durch die Flüchtlingskrise stark verändern. Schon in der Vergangenheit seien überkommene Strukturen aufgebrochen worden, und heute spräche nicht jeder von uns dieselbe Muttersprache, gehöre nicht jeder derselben Religion an und hätte nicht jeder dieselbe Hautfarbe. „Unser Land wird bunter und vielleicht auch ein bißchen chaotischer", fügt er gütig hinzu. Wo die alten Bande der Zusammengehörigkeit sich nun auflösen, sei es um so wichtiger, daß wir auf der Grundlage der gemeinsamen Werte dieser Republik verbunden bleiben. Das Wort „chaotisch" läßt mich aufhören. Der Pastor aus Leidenschaft hatte es zuvor noch nie benutzt. Chaos agiert jenseits der Kontrolle. Es ist unberechenbar. Der Begriff gehört eigentlich nicht in das Repertoire eines Politikers. Und in diesem Augenblick wird mir endlich klar, was hinter diesem Biedermann, den ich noch nie mochte, steckt. Er ist ein Zündler. Er mimt den guten Hirten und ist in Wahrheit selbst der Brandstifter. Ich schalte den Ton ab und beobachte nur seine Gestik und Mimik. Die Hausbackenheit seines Habitus fällt auf. Eindringlich redet er auf sein Publikum ein, so als wisse er, daß die Argumente nur allzu leicht wiegen. Er ist ausgezeichnet getarnt. Die Mehrheit der Bürger hat immer noch Augen und Ohren verschlossen. Sie vertraut der Obrigkeit blind und mit allem gebotenen Gehorsam. Auch als diese ihre niederträchtigen Absichten andeutet und immer unverhohlener an die Umsetzung ihres Werkes geht, regt sich kein Widerstand. Ein Biedermann und Brandstifter ist er. Ich erinnere mich dunkel an ein gleichnamiges Bühnenstück und wie die Protagonisten nach und nach Komplizen jener kriminellen Gäste wurden, die sie nicht mehr los wurden. Auch hier war es das schlechte Gewissen des Hausherrn gewesen, das letztlich den Einlaß gewährte. Und genau hier setzt der Prediger mit Staatsamt an.

Tagebuch-Eintragung

Ich habe ein Treffen der örtlichen Flüchtlingshilfe besucht, um mir selbst ein Bild über die dort engagierten Personen zu machen. Über das städtische Netzportal waren Lokalität und Zeitpunkt der Zusammenkunft der Helfer leicht zu erfahren. In einem Nebenraum der Stadtbücherei traf ich zur Abendstunde rund zwanzig Personen einschließlich des Bürgermeisters an. Eigentlich hatte ich wesentlich mehr Engagierte erwartet. Außer einer einzigen Halbtags-Angestellten arbeiten alle ehrenamtlich. Jung und Alt sind bunt durcheinander gewürfelt. Man ist so mit der Bewältigung von finanziellen und jeder Art von anderen Engpässen beschäftigt, daß man mich zunächst gar nicht wirklich wahrnimmt. Mir geht durch den Kopf, daß angesichts der täglich steigenden Zahlen an Neuankömmlingen und der unerwartet schwachen personellen Besetzung der Helfer deren Berufstätigkeit schwer mit ihrem Engagement vereinbar scheint. Aus was für Quellen speist sich der Altruismus dieser Menschen, frage ich mich. Manche Evolutionsbiologen bestreiten, daß es Altruismus im eigentlichen Sinne überhaupt gibt. Sicher, Menschen spenden für Opfer von Flutwellen und Erdbeben, ohne daß sie Aussicht darauf haben, eines Tages eine Gegenleistung zu erhalten. Aber oft ist das Entgelt eher versteckter Natur. Ein älteres Ehepaar nimmt die Danksagungen des Bürgermeisters mit jenem Heißhunger entgegen, welcher für Menschen typisch ist, die ansonsten wenig Bestätigung erfahren. Es sind Rentner, die Flüchtlinge aus verschiedenen Ländern betreuen.

„Ich spüre eine Energie in mir, als wäre ich nochmals dreißig", sagt die Frau und ist ob ihrer neuen Bedeutung ganz aus dem Häuschen. „Diese Aufgabe macht mir Freude, und diese Freude gibt mir Kraft", fügt sie hinzu. Ihr Mann wirkt zurückhaltender und manchmal nachdenklich. Aber diese Reflexion spielt nur auf der Ebene des Wie nicht des Warum.

„Wenn ich meinen Schwiegersohn dazu bringen kann, uns am Wochenende seinen Kombi zu leihen, dann könnten wir auch bei der Zustellung von Sperrgut helfen", meint er nach längerem Schweigen. Der Bürgermeister winkt ab. Es sei genug des Guten getan. Vielleicht will er es nicht zu weit treiben. Mehr als seine verbalen Huldigungen hat er nicht zu bieten, und die könnten sich irgendwann abnutzen.

„Ich sage Euch, wir werden diese Herausforderung stemmen!" verkündet der Stadtobere über die Köpfe jener ihm am nächsten Sitzenden hinweg. „Ohne Frauen und Männer wie Euch hätte ich längst aufgegeben, nein, längst aufgeben müssen." Das klingt ehrlich. Im Hinblick auf seine Karriere geht es tatsächlich um Sein oder Nicht-Sein. In der Lokalpresse hatte er vor seiner Wiederwahl öffentlich erklärt, daß die großen Fragen auf nationaler oder sogar internationaler politischer Ebene entschieden werden und sich damit ein Stück weit aus der Verantwortung gezogen. Als getreuer Untertan setzt er die Vorgaben der Obrigkeit um. Er kennt seine Pflicht und weiß, was von ihm erwartet wird. Der Altruismus und seine willigen Vollstrecker. Nachdem etliche Sachfragen geklärt sind, wird die Stimmung entspannter. Das Rentner-Ehepaar verabschiedet sich und will die Hand des Bürgermeisters am liebsten gar nicht mehr loslassen. Ich versuche mit einigen Personen ins Gespräch zu kommen, doch schon nach wenigen Minuten baut sich in mir jeweils ein innerer Widerstand auf. Ein junger Mann mit ungepflegtem Vollbart und unruhigem Blick erklärt mir, daß sich seine Bereitschaft zu helfen mit der Mitgliedschaft in einer linken Partei verbinde. Bei einer verkniffen dreinschauenden Mitvierzigerin kam der Anstoß zur Mitarbeit aus der konfessionellen Bindung. Das In-Szene-Setzen einer Willkommens-Kultur ist bei allen, mit denen ich rede, wie ein Wahn. Der Einsatz gilt weniger humanitärer Hilfe sondern eher einem übergeordneten Projekt, welches aber nie ausdrücklich benannt wird. Am Ende bedanke ich mich für die Informationen, sichere meine zukünftige Unterstützung zu – und bin froh, dort wieder raus zu sein.

Nachbetrachtungen zur Sitzung mit Monika Z.

Wenn auch in unterschiedlichem Maß, so äußern doch immer mehr meiner Patienten Vorbehalte gegenüber Ausländern im allgemeinen und den anlandenden Flüchtlingen im besonderen. Z. erklärte heute mir gegenüber, daß die Medien in der sogenannten Flüchtlingsfrage lügen würden. Der Satz kam gerade heraus und war aus voller Überzeugung gesprochen. Ich versuchte, den Sachverhalt zu differenzieren und sprach in diesem Zusammenhang von einer „unangemessenen Medienkonformität". Z. blieb stur bei ihrer ursprünglichen Einschätzung und verwies auf ein Gespräch mit einem Mitarbeiter eines Sicherheitsdienstes. Es handelt sich dabei um einen ehemaligen Paketzusteller aus ihrer Nachbarschaft, der seit kurzem mit der achtstündigen täglichen Bewachung einer Flüchtlingsunterkunft beauftragt ist und der Patientin von den prekären Zuständen vor Ort erzählte. Seinen Angaben zufolge muß die Polizei mehrmals am Tag anrücken, weil Streitigkeiten der Bewohner untereinander in Gewalt ausarten. Die Anzahl der in den Polizeiberichten genannten Einsätze werde jedoch deutlich nach unten korrigiert und die Höhe der Sachschäden weitgehend vertuscht. In der Hoffnung, in eine Hotelunterbringung verlegt zu werden, zerschlagen die Migranten mutwillig das Mobiliar und verstopfen die sanitären Einrichtungen. Es sei an der Tagesordnung, daß die Mitarbeiter des Sicherheitsdienstes beleidigt und bespuckt würden. Vor dem Hintergrund dieser Arbeitsbedingungen sei die Bezahlung der Security-Leute viel zu niedrig. Bissigen Spott ergoß Z. über die Naivität des spendenfreudigen Teils der Bevölkerung. Die getragenen Kleider entsprächen nicht den modischen Erwartungen der Flüchtlinge und müßten von einem Entsorgungsunternehmen aus den angrenzenden Hecken gefischt werden.

„Als ich vorgestern im Supermarkt einkaufen war, stieß ich zufällig auf eine Frau mit Kopftuch, die hinter einem Regal eine Packung Lakritzstangen aufgerissen hatte und sie an ihre Kinder verfütterte. Ich sprach sie darauf an, daß dies Mundraub sei, und wissen Sie, was sie mir antwortete?"

Z. sah mich fragend an.

„Wenn wir nicht mit unseren Kindern hier herkommen würden, dann müsstet Ihr aussterben."

Die Patientin schwieg eine Weile.

„Das Ganze ist eine einzige Farce!" sagt sie und schüttelt verständnislos den Kopf. „Richtige Flüchtling verhalten sich anders. Sie sind froh, Unterkunft zu finden. Diese Meute hingegen, der ist nichts gut genug. Als vergangene Woche das Essen in Kartons des Roten Kreuzes ausgegeben wurde, deuteten die Migranten dieses Symbol religiös und wiesen die Speisen zurück. Die Stadt mußte daraufhin neue Verpflegung organisieren. Ich sage es nochmals: Das sind keine Flüchtlinge!"

Ich erkläre Z., daß eine einseitige und eventuell sogar verzerrte Wahrnehmung eng mit einer Neurose verbunden sei. Sie reagiert schlagfertig und empfiehlt mir, doch einmal einen Leserbrief zu schreiben. Am Ende setze ich als Analytiker alles auf eine Karte.

„Sie können mir glauben, ich bin über diese Vorgänge bestens informiert. Seit dem Beginn des Massenzustroms ist die Zahl der Ladendiebstähle jedoch nicht etwa gestiegen, nein, sie sind gesunken."

Z. sieht mich ungläubig an. Jetzt bin ich Chef im Ring und lege nach.

„Manche Migranten bringen sogar Waren in die Geschäfte mit und stellen sie dort in die Regale."

Sie sieht mich mit großen Augen an, so als fühle sie sich im Augenblick ausgezeichnet unterhalten.

„Im Ernst, achten Sie einmal darauf. Viele Produkte stehen jetzt doppelt im Angebot."

Z. schüttet sich aus vor Lachen. Ihre innere Anspannung hat sich aufgelöst. Wir verabschieden uns herzlich voneinander.

Tagebuch-Eintragung

Die Medien haben kein rechtliches Machtmonopol. Der Meinungskorridor verengt sich jedoch in jenem Maße, in welchem die Parteien thematisch zusammenrücken. Man könnte ohne Übertreibung von einem „Journalismus im Gleichschritt" sprechen. Über den immer weiter zunehmenden Zustrom von illegalen Einwanderern berichtet praktisch jeder Fernsehkanal und jede gedruckte Gazette gleich. Es sind anrührende Geschichten über Unterdrückung, Flucht und Rettung. Obwohl statistisch die meisten Immigranten Männer sind, steht in der Berichterstattung das sogenannte Flüchtlingskind im Mittelpunkt. Wir gelten als der rettende Hafen für den südlichen Teil der Welt, und man läßt den Bürger wissen, er könne stolz darauf sein.

„Es gab nie ein besseres Vaterland als das von heute!" verkündet das Staatsoberhaupt mit seiner typischen, pastoralen Gestik, und die Medien bringen das groß heraus. Man spürt an dem hyperventilierten Ton, daß es keine Berichte oder Analysen sind, die da für den Bürger journalistisch zubereitet werden, sondern die Suggestion von Weltbildern, Handlungsanweisungen sowie unterschwelligen Drohungen. Der manipulierte Zusammenhang, in welchen die Meldungen gestellt sind, lassen sie absurd erscheinen. Und die unablässige Wiederholung dieser Absurditäten geben dem Leser oder Zuschauer zu erkennen, daß diese Politik unabänderlich ist, und er ihr unmöglich entrinnen kann. Manchmal habe ich das Gefühl, daß mir die Medien mit ihrer gesamten Wucht ins Ohr schreien, bis mir der Kopf dröhnt. Oder ich spüre den Ekel eines Übersättigten, dem man wider Willen löffelweise noch weitere Kost in den Mund stopft. Das Ganze erinnert an einen Pianisten, der sich gar nicht mehr dafür interessiert, ob dem Publikum sein Spiel gefällt und nur noch bei durchgetretenem Klavierpedal in die Tasten hämmert. Der sensible Kontrakt zwischen dem Leser und dem Journalisten mit dem Vertrauen auf der einen und der Verpflichtung zur Glaubwürdigkeit auf der anderen Seite ist längst aufgekündigt. Dies alles erzeugt eine eigenartige kognitive Disharmonie zwischen meinem wahren Gefühl und dem offiziellen Imperativ, welche sich, je nach meinem augenblicklichen Temperament, unterschiedlich Luft machen kann. In melancholischen Momenten zucke ich zusammen wie ein geprügelter Hund und rufe mit stummer Stimme: „Gemach, gemach, so haltet doch ein! Eure süßlich wohlgesinnten Notwendigkeiten, die Kostproben jener Wahl, die wir nie hatten, sie sind uns doch längst erklärt worden, wenn auch noch nicht von jedem von Euch!" Aber es gibt auch Stimmungen, in welchen ich den Mediengewaltigen als Gedankenpost die Empfehlung zukommen lasse, sich für den Tag zu wappnen, an dem ihre Abonnenten und Gebührenzahler sich dazu aufmachen, sie persönlich in ihren Redaktionen aufzusuchen. Wenn ich vor dem Fernseher sitze, dann liegt die Fernbedienung jedenfalls immer in unmittelbarer Reichweite. Sie ist das einzige Werkzeug geworden, mit dem sich noch zwischen sachlichen Nachrichten und vorgefertigten Überzeugungen trennen läßt.

Nachbetrachtungen zur Sitzung mit Jenny F.

Bei ihrem Engagement für die Menschenrechte und andere universelle Werte wird der Patientin nicht wirklich bewußt, wie sehr sie in der Tradition des Liberalismus verwurzelt ist. Es gibt so gut wie kein Vokabular, mit welchem sie die verschiedenen Kategorien zwischen dem Ich und der Menschheit ansprechen kann. Trotz der altersbedingten Phase der Loslösung vom Elternhaus verspürt F. eine gewisse Verbundenheit mit ihren Verwandten. Ansonsten steht sie nur mit einzelnen Freundinnen und mit mir in einer besonderen Beziehung. Sie macht zwischen angestammten und zugewanderten Staatsangehörigen keinen Unterschied und fühlt sich nicht in die Tradition eines Volkes eingewoben. Ich habe versucht, mit F. über die steigende Anzahl muslimischer Mitschüler zu reden. Sie blockte jedoch mit der Bemerkung ab, daß sie Religionen generell ablehne. Ich gehe sehr vorsichtig mit der Patientin um und respektiere ihre Abwehr gegen alles, was in ihren Augen diskreditiert oder unheimlich erscheint. Aus der Sicht eines Erwachsenen steckt sehr viel Naivität in ihrem Denken. Fast alles ist unbelassen und harrt da der Erlebnisse, die früher oder später kommen und ihr eine Form geben werden. Es ist eine sehr abwartende und zögernde Einstellung, die sich alle Möglichkeiten offen hält. Ein gewisser Einfluß der Massenmedien in der Asylflut ist erkennbar. Der Charakter ist in diesem Alter noch nicht gefestigt genug, um dieser Wucht gewachsen zu sein. Aber ihrem Standpunkt fehlt der typische Haß auf das Eigene. Vielmehr bewahrt sie sich die ursprünglich stoische Vorstellung einer harmonischen Welt. Mir stellt sich die grundsätzliche Frage, ob man einen jungen Menschen wie F. in heutiger Zeit überhaupt aus den Fängen der multikulturellen Illusionisten herauslösen könne, und wenn ja, wie? Mit rationalen Argumenten kann ich es mir schwer vorstellen. Es müßte eine Art Gegenkultur mit ihrem eigenen kulturellen Stil in Musik und Kleidung sowie ihrem eigenen Aktivismus sein. Mir ist jedoch nicht bekannt, daß es so etwas gegenwärtig gibt.

Tagebuch-Eintragung

Wer an Werktagen gegen acht Uhr am Morgen mit öffentlichen Verkehrsmitteln zur Arbeit muß, erlebt die Stadt noch so, wie sie vor wenigen Monaten war. Am Nachmittag bis spät in die Nacht prägen die Neubürger das Bild der Straßen, Parks und anderen öffentlichen Plätze. Wie unaufhaltsame Lava eines eruptierenden Vulkans ergießt sich der Zustrom über das Land, und keiner der Bürger weiß wirklich, wie es weiter gehen soll. Gerüchte verbreiten sich, welche so gar nicht dem lautstarken Optimismus der Regierenden und ihrer Lakaien entsprechen. So seien Frauen mehrfach von Neubürgern belästigt worden, doch die Polizei weise diese Fälle in ihren Berichten auf Befehl von oben nicht aus. In einem Lebensmittelgeschäft erfahre ich von einer Angestellten, daß Diebstähle von Neubürgern gar nicht mehr der Polizei gemeldet, sondern aufaddiert bei einer Behörde eingereicht und erstattet werden. Man könnte diese Vorfälle als Bagatellen oder bedauerliche Mißverständnisse zwischen unterschiedlichen Kulturen abtun. Eigentlich ist noch nichts wirklich Schlimmes passiert, und vielleicht ist an dem ganzen Hörensagen auch nichts dran. Aber es macht sich eine allgemeine Unsicherheit breit. Die Ordnung scheint weniger fest gefügt als zuvor. Mir kommt es manchmal so vor, als zerbrösele der Boden unter meinen Füßen. Gestern trank ich in einer Bäckerei einen Kaffee und aß dazu zwei Schinken-Croissants an einem der Stehtische. Am Nachbartisch verzehrte ein älterer Mann ein Sandwich. Aus den Augenwinkeln heraus bemerkte ich, daß er wiederholt zu mir herüber sah. Schließlich sprach er mich an. Ob ich

Interesse hätte, mit ihm über die „Entwicklung im Land" zu reden, wie er sich vorsichtig ausdrückte. Ich wußte, worauf er anspielte und schlug vor, uns draußen an einen der Tische zu setzen. Er war innerlich ganz aufgewühlt und meinte, daß es für die zunehmende Überfremdung einen Plan gäbe.

„Nein, das glaube ich nicht", antwortete ich ihm. „Zumindest keinen geheimen Plan."

Es fiel ihm schwer, sich auszudrücken. Ich hatte den Eindruck, er könne das, was sich gerade abspielte, nicht fassen.

„Ich bin mir sicher, es gibt keinen Plan und auch keine Macht im Hintergrund", versicherte ich ihm nochmals. „Aber Sie haben recht, wir leben in einer liderlichen Zeit. Glauben Sie mir, es sind sehr wenige, die das nicht so empfinden."

Als ich mich von ihm verabschiedete, wirkte er nachdenklich, aber auch etwas erleichtert. Er dankte mir mit einem wortlosen Nicken für das Gespräch, und ich ging betroffen nach Hause.

Tagebuch-Eintragung

In Wildwestfilmen, die sich um historische Authentizität bemühen, taucht hin und wieder ein Menschentyp auf, der in unserem Land selten ist. In einer Fußgängerzone nahe dem Hauptbahnhof treffe ich auf einen Prediger, der weder einer bestimmten Kirche noch einer Sekte zuzuordnen ist. Es ist ein jüngerer Mann, der mit der Bibel in der Hand unerschrocken eine Ansprache an die meist teilnahmslos vorbeiziehenden Passanten richtet. Der größte Teil der Menschen nimmt von dem wild gestikulierenden Künder eines nahen Untergangs keine Notiz. Nur eine kleine Gruppe steht in einem Halbkreis um ihn herum. Für die meisten von ihnen ist er nur ein Clown. Nur ein älteres Paar scheint ihm ernsthaft zuzuhören. Nach einer Weile begreife ich: Er spricht über das Zuwanderungschaos und beruft sich dabei auf den Tanach.

„Gedenket an des Lot Weib!"

Ihm fehlt die Wortgewalt und den wenigen, die ihm zuhören, die Kenntnis der Bibel.

„... und hat die Städte Sodom und Gomorrah zu Asche gemacht, umgekehrt und verdammt, damit ein Beispiel gesetzt den Gottlosen, die hernach kommen würden."

Drei Jugendliche mit Bierflaschen in der Hand amüsieren sich eine Weile an dem Schauspiel und beginnen dann den „Psycho", wie sie ihn nennen, lautstark pöbelnd zu beleidigen. Möglicherweise ist er tatsächlich ein klinischer Fall. Ich gehe nachdenklich weiter. Ist der Untergang eine Folge unseres sittlichen Verfalls, wie manche meinen? Ich halte unseren westlichen Lebensstil nicht für dekadent. Die biblische Erzählung hat mit Fremdenfeindlichkeit zu tun, schließlich wollen die Einwohner Sodoms die Engel in Menschengestalt, die als Fremde kamen, um die Stadt zu prüfen, vergewaltigen. Die Geschichte geht jedoch weiter. Als es nach der Zerstörung keine Männer mehr für die Töchter Lots gibt, machen diese ihren Vater betrunken und lassen sich von ihm schwängern. Wie sich diese Propheten die Welt vorstellten! Übelkeit macht sich in mir breit. Kein Gott wird uns retten, da bin ich mir sicher, und schon gar nicht dieser.

Tagebuch-Eintragung

Vor einer der Unterbringungen der Immigranten ist es zu einer Demonstration von aufbegehrenden Bürgern und einer Rangelei mit der Polizei gekommen. Eigentlich wäre das allenfalls eine regionale Zeitungsmeldung wert, aber in heutiger Zeit ist es der ultimative Tabubruch. Dieser Affront gegen die sogenannte Kultur des Willkommens wird zu einem Präzedenzfall gemacht, und die Staatsmacht zieht alle Register. Schon am nächsten Tag läßt die Polizei Hunderte von gewalttätigen Linksautonomen ohne Auflagen mit Knüppeln bewaffnet durch die Stadt ziehen. Die Auslagen des Einzelhandels werden entglast, geparkte Autos demoliert, Bushaltestellen und andere Einrichtungen der Infrastruktur kurz und klein geschlagen. Die größtenteils von weit her gekarrten, vermummten Schläger liefern ein fast perfektes Szenario der Einschüchterung ab. Dann gibt sich die Haute Voleé der Parteipolitik die Ehre. Eine Verweigerung der Mitarbeit an diesem gesellschaft-liche Projekt, welches das Land von jetzt ab so grundlegend ver-ändern werde, könne sie unmöglich dulden, erklärt die mächtigste Frau im Land, und sie meint es ernst. Eine junge Frau, die ihren Besuch mit ungehaltenen Worten begleitet, wird mit großem Auf-wand nachträglich identifiziert und muß sich auf einen Schaupro-zeß gefaßt machen. In diesen Tagen zeigt der Staat immer mehr sein wahres Gesicht. Es ist ein scharfer Wind, der nun bläst, und er trägt die lockeren Sedimente wie Sand ab, die bisher über den fe-sten Strukturen der Herrschaft lagerten. Wie den meisten anderen Bürgern war mir schon immer bewußt gewesen, daß dieses Land nicht so freiheitlich war, wie es das selbst gern vorgab. Natürlich durfte man gewissen Dinge nicht hinterfragen und am besten gar nicht wissen. Aber das waren Sachverhalte von scheinbar periphe-rer Bedeutung gewesen. So hatte ich das jedenfalls immer gesehen. Was jetzt zum Vorschein kommt, ist der Staat als das kälteste Un-geheuer, das man sich vorstellen kann. Ich spüre, wie ich beginne, mich innerlich zu sperren. Dann will ich in meiner Arbeit versin-ken oder einen Winterschlaf abhalten, um eines Morgens in einer anderen Welt aufzuwachen.

Tagebuch-Eintragung

Die ankommenden Einwanderer werden wie Heilige empfangen. Es scheint, als warte die Masse auf einen Messias, um sich damit reinzuwaschen. Wie Olympioniken oder siegreichen Soldaten braust ihnen der Enthusiasmus von Jung und Alt entgegen. Das paßt nicht wirklich zur Mär von der entbehrungsreichen, gefahr-vollen Flucht und den andauernden Aufrufen zur Empathie. Ich versuche mir vorzustellen, wie die Bevölkerung auf die Ankunft von schwerverletzten Katastrophenopfern reagieren würde. Die Gefühle wären leiser, betroffener und schwermütiger. In diesem Fall wären Aufrufe zum Mitgefühl unnötig, und für selbstgefäl-lige Schwärmerei gäbe es keinen Platz. Die Frage läßt mich nicht los: Welcher Antrieb steckt angesichts der sich vor unseren Augen abspielenden Völkerwanderung hinter dem Überschwang eines Teiles der Bevölkerung? Als Psychotherapeut ist mir klar, daß die Psychologie der Massen anderen Gesetzen gehorcht als jene des Individuums. Im Kollektiv neigt der Einzelne zu einem irrationalen Verhalten. Das kann sich bis zum Wahn einer Heilserwartung steigern. Aber vielleicht sind die Dinge wesentlich profaner. Es gibt jene Art von Sympathie für den gerissenen Schlawiner, welche sich eindeutig von der Empathie unterscheidet. Eigentlich ist es mehr eine mißverstandene Kategorie von Anerkennung als wahres Mitleid. Ich erinnere mich an Graffiti, die ihre Solidarität mit einem schwer kriminellen Ausbrecher kundtaten, oder an jene klammheimliche Sympathie für einen hoch intelligenten Erpresser und Brandstifter, den die Medien „Dagobert" nannten. Vergangenes Jahr lief ein Film über einen Börsenhändler in den Kinos, der die Finanzbehörden betrogen und auch seine Kleinanleger um Hab und Gut gebracht hatte. Mit der Beute leistete er sich einen fast obszön luxuriösen Lebensstil. Die Gunst des Publikums lag eindeutig auf Seiten des Schufts. Unter dem Mäntelchen des Gutmenschentums zollt jener, im Jubel schwelgende Teil des Landes den Hartnäckigen, die es schließlich jenseits der Legalität hierher geschafft haben, ihre Achtung.

Tagebuch-Eintragung

Ich habe ein Taxi geordert und mich in jenen Stadtteil fahren lassen, der dafür bekannt geworden ist, daß hier kaum noch Einheimische wohnen. Ein Spitzenpolitiker hatte sich im vergangenen Wahlkampf hier den Fragen der Anwohner gestellt. Der ansonsten im Sperrmüll versinkende Kiez war zu diesem Zweck extra entrümpelt und blitzblank gekehrt worden. Eine überschaubare Gruppe von zu diesem Zweck bestellten Bürgern begrüßte den hohen Gast mit ihren dünnen Stimmen. Geduldige 45 Minuten dauerte die Begegnung, dann brauste die gepanzerte Limousine wieder davon, und allen war klar, daß sich hier nichts ändern würde.
„In welche Straße genau?" will der Fahrer wissen.

Ich weiß selbst nicht genau wohin. Eigentlich will ich mich dort nur umsehen.

„Ins Hotel Millenium", antworte ich nach kurzem Nachdenken. Der Name der tristen Herberge – wahrscheinlich der einzig vorzeigbaren vor Ort – war mir als Treffpunkt der Bürgerbegegnung in Erinnerung geblieben.

„Sie wissen ja, was es mit dieser Gegend auf sich hat", meint der Fahrer, während wir wegen einer roten Ampel warten müssen und schaut mich über den Rückspiegel kurz an. „Ich würde dort nicht einmal mein Auto abstellen."

Ich ignoriere die Warnung, gebe meinem Chauffeur am Ziel ein großzügiges Trinkgeld und beginne, ziellos durch die grauen Straßenzüge zu laufen. Es ist früh am Nachmittag, und ich fühle mich einigermaßen sicher. Eine Stunde lang werfe ich Blicke in verschmierte Hinterhöfe und atme den Gestank des Unrats, dem ich auch auf den Gehwegen ausweichen muß. Vor drei Monaten hätte ich von dieser Nachbarschaft noch als „Problemzone" gesprochen, inzwischen betrachte ich dieses Gebiet als Brückenkopf der laufenden Invasion. Hier hat sich eine Vorbereitungskultur etabliert. Da ist nichts mehr zu retten. In einzelnen Hauseingängen werfe ich einen Blick auf die Namen neben den Klingelknöpfen. Kein einziger klingt nach der ehemaligen einheimischen Arbeiterschaft, die hier lebte. Am Ende finde ich irgendwie zum Hotel Millenium zurück und bestelle mir in der Bar ein Bier. Zwei Männer sitzen an Spielautomaten, ansonsten bin ich der einzige Gast. Der Mann hinterm Tresen erzählt mir, daß er vor 30 Jahren mit seinen Eltern aus Nordafrika in diesen Bezirk gezogen sei. Ich frage ihn, ob er zu jenen Auserwählten gehörte, welche den hohen Besuch im Hotel Millenium willkommen hießen.

„Nein, von denen kamen die wenigsten von hier. Den größten Teil der Personen hat die Politik von außerhalb arrangiert und ein paar Stunden später wieder mitgenommen."

Er lächelt spitzbübisch.

„Eigentlich ist das hier ein Drecksloch", fügt er mit leiser Stimme hinzu, so als sei dies vertraulich. „Alles hat damit angefangen, daß die angestammte Bevölkerung begann, aus diesem ehemaligen Arbeiterviertel weg zu ziehen. Dabei weiß ich gar nicht, vor was sie geflohen ist. Hier gab es schließlich keinen Bürgerkrieg."

Auch ihm gebe ich ein stattliches Trinkgeld, nachdem er mir ein Taxi gerufen hat.

Tagebuch-Eintragung

Ein „Flüchtlingsboot" fährt direkt am Rathaus unserer Stadt vor. Da kein Fluß durch unseren Ort fließt, wird das rund zehn Meter lange, graue Gefährt auf der Tragefläche eines LKW transportiert wie bei einem Karnevalsumzug.

Es ist authentisch, wie ein Redner versichert, der das Leid und die Ängste der Passagiere bei der Überfahrt schildert: „Stellen Sie sich vor, es ist Nacht, die See stürmisch, zwanzig Kanister Kraftstoff sind an Bord, dazu noch einige Wasserflaschen und die Oberkante ragt nur zehn Zentimeter über die Wasseroberfläche. Außerdem können Sie nicht schwimmen."

Über hundert Personen, darunter der gesamte Stadtrat, Lokalprominenz, einschlägige Journalisten, Vertreter von Lobby-Organisationen, jede Menge engagierte Schulkinder sowie ein paar reale Zuwanderer sitzen, mit roten Schwimmwesten bekleidet, in dem Schlauchboot und winken der Bevölkerung zu. Vor einigen Monaten war es Mode, Hemden mit dem Slogan *Je suis Flüchtling* bedrucken zu lassen. Aber das war lange nicht so pietätlos wie dieses Schauspiel.

„Es geht jetzt darum, legale Zuwanderungsmöglichkeiten zu uns zuzulassen", meldet sich wieder der Sprecher. Das ist also Sinn und Zweck des Spektakels.

Nachbetrachtungen zur Sitzung mit Matthias H.

Ich habe nicht vor, bei der Krankenkasse einen Antrag auf weitere Sitzungen zugunsten von H. zu stellen. In den vergangenen fünf Sitzungen hat der Patient auch mir persönlich gegenüber eine immer aggressivere Haltung an den Tag gelegt. Er beklagt eine wachsende Fremdenfeindlichkeit sowie fehlende Anteilnahme für die Flüchtlinge in der Bevölkerung und reagiert darauf mit blankem Haß. Er spricht von einem „Armutszeugnis" jener, welche „von der Geschichte nur auf Bewährung in die Eigenverantwortung" entlassen worden seien. Außerdem verbittert ihn, da0 sein pädagogisches Konzept, die Vergangenheitsbewältigung als erzieherisches Narrativ in Grundschulen und Kindergärten einzuführen, vom Kultusministerium vorläufig zurückgestellt wurde. H. war gerade auf dieses Projekt immer sehr stolz gewesen. Diese „Lücke in unserem Anspruch auf Normalität", wie er sich ausdrückte, sollte schon von Kindesbeinen an internalisiert werden. Der Patient ist, meiner Meinung nach, zu keinerlei Empathie mit Kindern oder Heranwachsenden in diesem Land befähigt. Seine theoretischen Entwürfe wie auch deren Umsetzung in die Praxis sind in Wirklichkeit nichts anderes als ein Seelenmord an Schutzbefohlenen. Für ihn ist es schon im Mikrokosmos des Klassenzimmers unerträglich, wenn einzelne Schüler sich „ihrer geschichtlichen Verantwortung" – wie er es nennt – entziehen. Jede gesellschaftliche Kritik an der gerade stattfindenden Masseneinwanderung ist für ihn eine Projektion dieses Ungehorsams auf der politischen Ebene. Wie er mir gegenüber offen zugab, nutzt H. die Anonymität des Internets für Beleidigungen und Drohungen.

„Auspeitschen, die Alte, und verbrennen!" antwortete er mir auf meine Frage nach seiner Einstellung zu einer prominenten Fernsehmoderatorin, welche mehr Bürgernähe in dieser Krise angemahnt hatte. Die Arbeit mit diesem Patienten wird für mich selbst immer mehr zur Tortur. Für rationale Argumente oder zu einer, wenn auch nur ansatzweisen, Selbstreflexion ist er nicht mehr fähig. In einer Gruppentherapie wäre längst ein Korrektiv entstanden. In der Einzeltherapie bleibt nur die Möglichkeit, den nächsten Termin weit in die Zukunft zu verlegen und auf eine externe Änderung seines Gemütszustandes zu hoffen. Ich habe ihm jetzt schon erklärt, daß ich aufgrund einer beruflichen Fortbildung einen Teil meiner Patienten, darunter auch ihn selbst, nach Ablauf der vertraglich vereinbarten Konsultationen nicht weiter betreuen werde.

Noch sieben Stunden stehen offen, bei welchen ich den Fokus auf die Kindheit des Patienten legen werde.

Tagebuch-Eintragung

Ich besuchte heute seit vielen Jahren wieder einmal eine unserer beiden esoterischen Buchhandlungen in der Stadt. Wenn man die Türe öffnet, dann ist da noch dasselbe Klirren und der sinnliche Duft ätherischer Öle wie zu meiner Studienzeit. Ich werfe einen Blick auf den Büchertisch und vermerke zufrieden, daß C. G. Jung hier noch immer seine Leser hat. Wäre er heute noch am Leben, würde ihn das wahrscheinlich gar nicht stören. Er hatte den spirituellen Aspekt der Psyche sehr ernst genommen, wohl wissend, daß er damit den Boden der wissenschaftlichen Betrachtungen verließ.
„Kann ich Ihnen helfen, oder wollen Sie vielleicht einfach nur ein bißchen stöbern?" fragt mich freundlich eine junge Frau.
„Das Kali Yuga, Sie wissen schon, jenes Zeitalter der Dunkelheit aus dem Sanskrit", antworte ich unvorbereitet und überstürzt.
„Ja, ich verstehe. Die vedischen Schriften haben wir im Buchangebot und ich glaube auch unter den Hörbüchern, da muß ich nachsehen."
Das ist es nicht, wonach ich suche. Esoterik war immer ein Spiel für mich gewesen, ein Vehikel für meist ganz anders geartete Bedürfnisse. Wenn ich mich in jener längst vergangenen Lebensphase mit meinen wechselnden Partnerinnen tantristischen Meditationen hingab oder mit rund geschliffenen Heilsteinen den Energiefluß eines geschwächten Chakras stärkte, dann war der Verstand stets außen vor geblieben. Ich habe einfach keine Lust, mich mit Paramahansa Yogananda oder Sri Yukteswar in die Berechnungen der kalendarischen Lebensspannen des Brahma einzulesen. Mir genügt ganz und gar ein Zeugnis, daß sich schon in früherer Zeit einmal ein Mensch mit der Vorstellung eines düsteren Zeitalters der Unwahrheit, Täuschung und Verwirrung befaßt hat. Ich suche ein kulturgeschichtliches Sinnbild des Verfalls und der Verblendung als Metapher einer Gegenwart, die immer schwerer auszuhalten ist.

„Eigentlich sollte es eher etwas Dekoratives sein", erkläre ich, und die Verkäuferin führt mich zu den Kunstdrucken.

„Ich glaube, das ist das einzige, was wir diesbezüglich haben", sagt sie und deutet auf eine unter Glas gerahmte Batik. „Wissen Sie, die Menschen neigen dazu, die Lüge und das Übel zu verdrängen. Das hängt man sich nur ungern an die Wand."

Ich betrachte den bedruckten Stoff. Eine zehnarmige Riesengestalt mit einer Halskette von Totenköpfen setzt ihren Fuß auf einen erschlagenen Gegner am Boden. Der Mund ist blutig, am Gürtel hängen abgeschlagene Köpfe. Auf dem Kopf trägt sie eine strahlende Krone und in den Händen hält sie Schwerter, Feuer und allerlei andere Instrumente, die ich nicht genau zuordnen kann. Im Hintergrund sieht man eine panische Menschenmasse.

„Ich habe mich für dieses Bild entschieden", erkläre ich schließlich.

„Dem vedischen Kalender gemäß müßte das Zeitalter der Kali Yuga schon bald zu Ende sein", sagt sie nachdenklich, während sie das Bild in Packpapier hüllt. „Vielleicht beginnt ja bald wieder ein Goldenes Zeitalter", antworte ich mehr aus Verbindlichkeit als Optimismus.

„Meinen Sie?"

„Man darf die Hoffnung nie aufgeben."

Morgen früh werde ich es in der Mittagspause in meiner Praxis aufhängen. Diese Replik einer Jahrtausende alten Darstellung ist aktueller denn je.

Nachbetrachtungen zur Sitzung mit Maria U.

Der scharenweise Zustrom von Einwanderern verändert zunehmend nicht nur unsere Städte sondern auch unsere Wahrnehmung dieses Wandels selbst. Manche meiner Patienten übernehmen ungeprüft die Versprechungen der Medien von einer besseren Welt und blühenden Landschaften. Sie schwelgen in Vorstellungen einer Symbiose mit fremden Kulturen und edlen Wilden. Andere, weniger Leichtgläubige, tun sich dagegen schwer mit Heilsversprechungen dieser Art. Sie sind gewissermaßen gezwungen, sich an den sich überstürzenden Nachrichten abzuarbeiten und den Umbruch mit ihrer inneren Akzeptanz in Einklang zu bringen. U. schilderte mir heute ihre Gedanken beim Betrachten des Titelbildes einer überregionalen Illustrierten.

„Ich hatte das Heft vor mir auf dem Tisch liegen und betrachtete das Photo immer wieder aufs neue. Ich wußte, daß es um diese sogenannten Flüchtlinge geht, aber Mitleid wollte sich bei mir keines einstellen. Ehrlich gesagt, stieß mich das Bild ab. Das war wohl auch der Grund dafür, daß mein Blick wiederholt abschweifte. Ich habe so etwas von genug von diesem Thema, das kann ich gar nicht beschreiben. Schließlich zwang ich mich dazu, hinzublicken und den Dingen ins Auge zu sehen. Da war ein Zaun, offenbar eine Grenzbefestigung, und auf der einen Seite standen Grenzbeamten auf der anderen diese Flüchtlinge – wenn man sie denn so nennen will. Manche von ihnen waren halb nackt und hatten ihre Hemden als Schutz vor Tränengas ums Gesicht gebunden. Sie warfen Steine oder andere Gegenstände und versuchten den Grenzwall zu überrennen. Das war meine Bildbeschreibung, so wie ich sie im Deutschunterricht gelernt hatte. Es fehlten nur noch ein paar Details, etwa der ausgebrannte Reisebus im Hintergrund. Aber das ist nicht so wichtig. Was ich eigentlich sagen will, ist, daß ich dann begann, mir eine Geschichte zusammenzureimen, die mit der Realität gar nichts zu tun hat. Ich fokussierte beispielsweise auf den Mann im Vordergrund, der beide Arme triumphal gen Himmel reckte, und dachte, das sei ein Ingenieur, der gerade eine grandiose Lösung für ein technisches Problem gefunden habe."

Als Arzt bin ich dazu verpflichtet, der Patientin bei der Verarbeitung der unliebsamen Wirklichkeit zu helfen und eine Flucht in die Irrealität zu vermeiden. Doch in dem Maß, in dem ich selbst an den Zuständen zu verzweifeln drohe, wird die Überzeugungsarbeit für mich immer schwieriger.

Tagebuch-Eintragung

Die Medien sprechen von der „enthemmten Republik". Von aufgestautem Haß und fremdenfeindlicher Wut auf die Einwanderer ist die Rede. Inzwischen hat sich mein Vertrauen in Funk und Presse merklich eingetrübt. Trotzdem halte ich die verbalen Exzesse, Sachbeschädigungen und vereinzelten Übergriffe auf die Ankömmlinge für glaubhaft. Darum geht es den Schreiberlingen jedoch gar nicht. Im Vergleich zur hemmungslosen Gewalt der Einwanderer sind die Reaktionen der Einheimischen kaum von Bedeutung. Ziel der Kampagne ist vielmehr die komplette Ausschaltung der Redefreiheit. Kleine Gruppen kritischer Intellektueller werden zu Anstiftern erklärt. Man wirft ihnen vor, die Komplexität der Situation nicht zu verstehen und vereinfachte Lösungen anzubieten. Das Ganze ist in die sprachliche Akrobatik der zeitgenössischen Soziologie verpackt und für den Normalbürger gleichermaßen unverständlich wie imponierend. Sandra und ich verbrachten vor vielen Jahren einen Sommerurlaub mit einem befreundeten Ehepaar. Die Kinder waren schon im Bett, und wir saßen gemeinsam auf der Terrasse unseres angemieteten Bungalows.

„Ich würde Dir gerne zwei Gegebenheiten schildern und Dich um eine ethische Bewertung bitten", sagte der Bekannte. Er war Biologe und arbeitete für einen großen pharmazeutischen Konzern.

„Nur zu, wir hören!"

„Stell' Dir einen Güterzug vor, der einen Berg hinauffährt. Plötzlich löst sich der letzte Waggon und rattert unaufhaltsam die Steigung hinunter. Er wird in Kürze drei Gleisarbeiter töten. Allerdings besteht für einen aufmerksamen Mitarbeiter im Kontrollzentrum der Bahn die Möglichkeit, eine Weiche umzustellen und den Wagen auf ein Nebengleis umzuleiten. Dort würde ein einzelner Arbeiter ums Leben kommen. Handelt der Mitarbeiter richtig, wenn er die Weiche umstellt?"

„Ja, er rettet drei Menschenleben und opfert dafür eines."

„Stell' Dir nun einen völlig anderen Fall vor: Ein gesunder Mann begibt sich zu einer Vorsorgeuntersuchung in ein Krankenhaus. Dort liegen auf der Intensivstation drei Personen, die nur durch die sofortige Organspende einer Leber, eines Herzens und einer Lunge gerettet werden könnten. Darf der Arzt auch in diesem Fall drei Leben retten, indem er eines opfert?"

Die Problemstellung war so makaber, daß die beiden anwesenden Frauen und ich selbst lachen mußten.

„Nein, natürlich darf er das nicht", antwortete ich spontan, ahnte jedoch schon jetzt, daß die Begründung schwierig sein würde. Eine formaljuristische Argumentation wäre sicherlich möglich. Ein Philosoph könnte wahrscheinlich auch eine moralische Beweisführung von bestimmten Prämissen ableiten. Aber es stellte sich bald heraus, daß mein Bekannter gar nicht auf eine Erklärung aus war. Evolutionspsychologen hatten die beiden Fallbeispiele Menschen aus ganz unterschiedlichen Kulturkreisen vorgelegt. Ungeachtet der verschiedenen Rechtssysteme, Konfessionen und Traditionen hatte eine annähernd gleich hohe Prozentzahl der Befragten die Entscheidung im ersten Fall als gerechtfertigt empfunden und im zweiten Fall verworfen. Wir sind von der Evolution vorprogrammiert. Die Lohnschreiber in den Redaktionen mögen ihre ach so hehren Werte über uns ergießen und unsere vermeintlich schwachbrüstigen Hirne schelten, solange sie wollen. Es wird ihnen nichts nützen. Bisher ist noch jede Ideologie wider die Natur des Menschen gescheitert.

Tagebuch-Eintragung

Die Springflut an Zuwanderern hat in manchen Teilen der Gesellschaft ein Murren ausgelöst. Darauf reagierte die Staatsführung mit einer öffentlichen Erklärung. Der Staat stehe auf der stabilen Basis der sozialen Marktwirtschaft, der Zugehörigkeit zu einer internationalen Militärallianz, der Verfassung sowie unseres besonderen historischen Bewußtseins. Die Aufzählung erinnert mich im ersten Augenblick an jene Denksportaufgaben, welche eine Reihe von Begriffen aufzählen, und es gilt dann, jenes Wort zu finden, das nicht in die Serie paßt. Dann beginne ich, jeden einzelnen Punkt zu überprüfen. Das Militärbündnis schützt den Staat nach außen. Freilich werden sich die Großmächte am Ende eines inneren Konfliktes auch mit Streitkräften einmischen. Aber das würden sie als Hegemone sicherlich auch ohne das Bündnis tun. Unsere Verfassung wurde im Verlauf der letzten Dekaden immer wieder von neuem geändert und ergänzt, die Freiheitsrechte wurden eingeschränkt, und am Ende blieb ein fast beliebig auslegbares Stück Papier. Auf unsere hochentwickelte Wirtschaft wird der ungesteuerte Zustrom von fast ausschließlich niedrig qualifizierten Arbeitskräften langfristig wie ein Programm zur Deindustrialisierung wirken. Als letztes bleibt noch unsere geschichtliche Schuld, die uns Angst vor uns selbst machen soll. Aber der Sack, den man uns über den Kopf gezogen hat, ist rissig geworden. Keiner der Begriffe hält, was er verspricht. Es ist nicht mehr als das berühmte Pfeifen im Wald. Der Staat demontiert sich beim Versuch, das eigene Volk in den Abgrund zu reißen, selbst.

Tagebuch-Eintragung

Eine neue Medienkampagne wurde lanciert. Die Presse klagt eine uneingeschränkte emotionale Anteilnahme gegenüber dem Ansturm der Massen ein. Es geht wie immer nicht um Fakten, vielmehr soll ein Gefühl transportiert werden. Die Masche ist längst durchschaut, auch wenn die Gazetten dazu titeln: „Brauchen wir solche Photos, um uns zu schämen?" Und dann, schon nach wenigen Tagen, geht es zum wiederholten Male schief. Das Bild des erfrorenen Kindes ist nicht authentisch. Es war nicht auf der Flucht. Zuvor hatte der Staatsfunk zugeben müssen, eine unbedeutende Lichterkette mit Filmaufnahmen einer Großdemonstration gegen ein internationales Handelsabkommen vor mehreren Jahren kombiniert zu haben. Dem Bürger wird ein völliges Fehlen von Mitgefühl unterstellt, das angeblich nur noch von Schockmeldungen aufgebrochen werden kann. Wie ein dicker, klebriger Brei trieft die aufgestaute Betroffenheit von den Bildschirmen. Dabei ist es ein Wunder, daß es angesichts des allgemeinen Chaos und der immer unverschämteren Forderungen der Immigranten überhaupt noch irgendeine Unterstützung für die herrschende Politik gibt. Mir geht es immer mehr wie anderen Menschen, die ihre Pawlowschen Reflexe abgelegt haben. Beim Klingeln der Glocke fließt kein Speichel mehr. Die Hunde beginnen vielmehr zu knurren. Dabei ist bislang nicht geklärt, was bei dem behavioristischen Experiment schief gelaufen ist. Vielleicht war das penetrante Gebimmel als bedingter Reiz irgendwann einmal zu viel, oder etwas hat mit dem Futter als Belohnung nicht gestimmt. Jedenfalls ist das Experiment gründlich schief gegangen.

Tagebuch-Eintragung

Es hat in den vergangenen Jahren eine Vielzahl an Parteien gegeben, welche die Zuwanderung kritisch als Thema besetzten. Keine von ihnen hatte Erfolg. Manche fielen bizarren Selbstdarstellern zum Opfer, welche wirkten wie eigenartig kostümierte Gespenster einer längst überwunden geglaubten Zeit. Andere entpuppten sich schon kurz nach ihrer Gründung als ein verläßlicher Teil des Parteienkartells und spuckten zum richtigen Zeitpunkt, verläßlich dosiert. jene Töne, für welche die bürgerlichen Parlamentarier sich zu fein waren. Wieder andere wurden verboten oder segelten als wenig beachtete Totenschiffe, von wem auch immer finanziert, den parteipolitischen Horizont entlang. Ich kann mir eigentlich nicht vorstellen, daß eine demokratische Partei jetzt noch einen Fuß in die Tür bekommt. Der Zerfall der staatlichen Ordnung schreitet so schnell voran, daß das System sich nicht mehr aus sich selbst heraus reformieren kann. Trotzdem machte ich mich heute zu einer Kundgebung auf. Der angekündigte Redner ist ein ehemaliger Kommunist, der in der Vergangenheit den Befehl, auf das eigene Volk zu schießen, verweigert hatte. Nun ruft er zur Verweigerung der Kollaboration mit den Sozialverbänden, welche die Völkerwanderung organisieren, auf. Als Renegat ist er der autonomen Linken besonders verhaßt. Ich bin spät dran, und die Polizei hat den Platz schon abgesperrt. Wenige Schritte von mir entfernt wartet ein älterer Mann. Mit seinem Transparent ist er eindeutig als Sympathisant zu erkennen. Ein unauffällig gekleideter Radfahrer nähert sich ihm langsam, hält neben ihm an und schlägt ihm mehrfach mit einem Knüppel auf den Schädel. Der Angriff war offensichtlich abgesprochen. In dem Augenblick, in welchem der Mann zusammenbricht, kommen drei junge Aktivisten vom anderen Lager angerannt und treten auf das Opfer ein. Die Polizisten in Sichtweite rühren sich nicht. Unversehens baut sich vor mir ein hoch gewachsener Kerl mit einer dunkelblauen Strickmütze auf. Auf den ersten Blick läßt er sich keiner der beiden Seiten zuordnen. Seine schmalen Augen sehen mich durch eine Nickelbrille feindselig an.

„Weißt Du, daß in diesem Land Flüchtlinge an der Grenze zurückgewiesen werden?"

Er will nicht debattieren, sondern einschüchtern.

„Bleiben wir doch einfach beim ‚Sie'", will ich ihm zuerst antworten, aber dann entscheide ich mich anders und ignoriere ihn einfach. Hinter ihm steht eine minderjährige Frau mit grün-rosa Haaren und ein schrill schillernder Irokese. Das Milchgesicht paßt nicht zur genieteten Lederjacke und dem aufrührerischen Habitus. Wahrscheinlich wäscht immer noch seine allein erziehende Mutter die Szeneklamotten, in denen er hier steht. Eine aggressive Selbstgerechtigkeit wartet auf ihre Gelegenheit zum Krawall. Der dienstbare Untertan hat die Lizenz zu randalieren.

Tagebuch-Eintragung

„Was will das Weib?" Diese Frage hat die Tiefen-Psychologie des zwanzigsten Jahrhunderts mehr beschäftigt als alles andere. Erst die Evolutionspsychologie lieferte eine überzeugende Antwort: Männer und Frauen verfolgen evolutionär grundsätzlich dasselbe Ziel, allerdings unter sehr verschiedenen Ausgangsbedingungen. Lange hatte ich mich mit dieser Erklärung zufriedengegeben.

Aber die Bilder der den Neuankömmlingen zujubelnden Frauen gehen mir nicht aus dem Kopf. Die Gunst dieser Frauen hat etwas Überstürztes, etwas Vorauseilendes. Sie kommt wahllos daher, schon fast ordinär. So setzt Propaganda gewöhnlich einen Triumph in Szene. Aber an eine rein staatliche Inszenierung will ich nicht glauben. Hängen Massenimmigration und Feminismus zusammen, wie ein Bekannter von mir es einmal vor vielen Jahren in einer Männerrunde provokativ formulierte. Die These ist denkbar einfach: Nach der kulturellen und gesellschaftlichen Kastration des europäischen Mannes im Zuge der Emanzipation sehnt sich die einheimische Frau nach echten Kerlen zurück und wird ausgerechnet bei den Einwanderern mit ihren archaischen Traditionen fündig. Beim Nachdenken über diese Unterstellung muß ich lächeln. Typischerweise werden da zwei bedrohlich empfundene Entwicklungen kausal miteinander verknüpft und damit ein mutmaßlicher Sündenbock aufgebaut. Aus eigener Erfahrung weiß ich, daß derartige Stimmungen gerade bei geschiedenen Männern leicht verfangen. Inhaftierte bekommen auf Partnerschafts-Inserate nachweislich mehr Zuschriften von Frauen als Männer außerhalb des Justizvollzugs. Allerdings verliert sich das Interesse, sobald der Gefangene entlassen wird. Der Bösewicht fasziniert die Frau nur, solange er sicher verwahrt ist. Ein ähnliches Ergebnis könnte letztlich auch den sehnsüchtigen Erwartungen der Neubürger beschert sein.

Tagebuch-Eintragung

Ich warne meine Patienten immerzu davor, ins Grübeln zu verfallen. „Es bringt nichts! Lassen Sie uns diese Dinge hier in meiner Praxis besprechen!" pflege ich ihnen mahnend ins Gewissen zu reden. Jetzt erwische ich mich immer öfter selbst dabei, wie ich mir den Kopf zerbreche. Die gesellschaftlichen Veränderungen ergeben nicht jenen Sinn, den die Politiker ihnen zuordnen. Lange fehlte ihnen in meinen Augen überhaupt jede Sinnhaftigkeit. Der politische Diskurs verengt sich auf das Problem der Logistik: verteilen, verpflegen, verarzten und versorgen. Wenn ich meine Gedanken jetzt ordne, dann tut sich vor mir ein Kriegsszenario auf. In jeder Hinsicht ist es ein ungewöhnlicher Krieg. So fehlt beispielsweise die öffentliche Erklärung. Normalerweise ruft das Staatsoberhaupt zu Beginn eines militärischen Konfliktes zur Einigkeit auf. Das ist nicht geschehen. Vielmehr ist von einer „Krise" die Rede. Gemeint ist damit die Krise der Flüchtlinge, nicht jedoch unsere eigenen Interessen. Die Regierung hat nicht den Ausnahmezustand ausgerufen, de facto herrscht er jedoch schon seit Wochen. Zur völkerrechtlichen Definition des Krieges gehört auch die Bestimmung des Feindes. Dieser zeigt sich aber nicht offen. Es verwundert daher auch nicht, daß sich die Kräfte unseres Landes nicht sammeln und geschlossen gegen ihn angehen. Auch sonst fehlt vieles, was für einen bewaffneten Konflikt charakteristisch ist. Es verschieben sich keine Frontverläufe, und es fallen keine Bomben, keine Gefallenen werden beklagt und keine Vermißten gemeldet. In meinen Grübeleien flüchte ich mich immer wieder in die Illusion, ich hätte mich getäuscht und es herrsche doch kein Krieg, vielmehr sei der Friede unserer Zeit so eigenartig. Aber nichts beschäftigt die Menschen im Frieden so sehr wie die Frage nach der Zukunft. Es gibt mir zu denken, daß keiner der Politiker, die über uns herrschen, noch ein Wort darüber verliert, was uns in Zukunft erwartet.

Traumaufzeichnung

Erster Traum: *Eine Arzthelferin verabreicht mir auf grobe Art eine intramuskuläre Injektion ins Gesäß. Sie behauptet, es handle sich um eine notwendige Impfung. Ich bezweifle dies und kündige an, den Impfkalender zu überprüfen.*

Zweiter Traum: *Ich führe in der Lagerhalle eines Industrieunternehmens eine Inventur durch.*

Spritzen sind unangenehm und penetrieren die Körperhülle. Wahrscheinlich ist der Traum eine Anspielung auf die permanente Indoktrination der Massenmedien. Eine Bestandsaufnahme meiner seelischen Befindlichkeit ist hingegen ein positives Zeichen.

Tagebuch-Eintragung

Die Situation an unseren Grenzen spitzt sich zu. Ich sah heute Filmaufnahmen über die Zustände an einem der Grenzübergänge und war schockiert. Es waren ganz andere Bilder als jene, die von unseren Medien verbreitet werden. Sie zeigen ausschließlich junge

Männer. Das heißt nicht, daß es keine Frauen oder Kinder gegeben hätte, aber auf jenen Szenen waren keine zu erkennen. Zunächst erschrak ich aufgrund der Menschenmasse, die sich bis zum Horizont erstreckt. Von diesem Lager bricht eine ganze Heerschar von Menschen zu uns auf, und was ich dann zu sehen bekomme, verspricht keine friedliche Landnahme. Der Reisebus, von welchem aus die Aufnahmen gemacht wurden, steckt in einem Stau fest. Man kann erkennen, wie Einwanderer ein Auto mit Steinen bewerfen und schließlich einen alten Mann vom Fahrersitz zerren. Dann steigen sie selbst ein und versuchen wegzufahren. Die Männer zwischen den wartenden Fahrzeugen sind außer Rand und Band. Immer wieder recken sie die Fäuste gen Himmel und skandieren Worte in einer fremden Sprache. Der Bus wird mit Fäkalien beworfen, und sie versuchen die Eingangstüren aufzustemmen. Wiederholt tauchen in einiger Entfernung Uniformierte auf, welche versuchen, die Stimmung mit Megaphonen zu beruhigen. Bei einem Reisebus werden die Gepäckbereiche aufgebrochen und geplündert. Ein Teil der Kleider liegt auf der Straße. Manche Randalierer sind auf die Dächer der Fahrzeuge gestiegen. Ihre Gesten sind voller Haß und Verbitterung. Im Bus des Filmenden bricht Panik aus. Die Menschen schreien in einer osteuropäischen Sprache und weinen aus Verzweiflung. Dann bricht die Filmsequenz ab. Ich habe Angst, vor dem, was da kommt, nicht so sehr um meiner selbst willen, sondern wegen unserer Kinder. Wir waren verpflichtet gewesen, ihnen das Land so zu übergeben, wie wir es selbst gern entgegengenommen hätten. Was sich hier anbahnt, ist eine Katastrophe.

Tagebuch-Eintragung

Ich habe mich mit Gysèle im *Nusantara*, einem indonesischen Restaurant, zum Essen verabredet. Das Treffen hat nichts Geschäftliches an sich. Wir kennen uns nun schon über ein Jahr, und es tut mir gut, mit einer Vertrauten zu reden.
„*Sate Udang*, meinst Du, ich sollte das mal versuchen?" sagt sie, nachdenklich in die Speisekarte vertieft.

„Kulinarische Kühnheit wird meistens belohnt", gebe ich zu bedenken. „Aber bestehe auf *Kecap Manis* als eine Art Soja-Soße."
Ich hatte einmal *Terasi* bestellt, eine Paste aus fermentierten Garnelen, und schaffte es trotz meiner Kinderstube nicht, den Teller leer zu essen.
„Oder wollen wir gemeinsam die *Rijstafel* ordern?"
„Das ist ein Relikt der ehemaligen niederländischen Kolonialmacht. Wir könnten damit ein Zeichen setzen gegen Imperialismus und zänkische Nachbarn hier in Europa."
„So schlimm sind sie gar nicht mehr. Zumindest ist das mein Eindruck. Ich hatte erst vor kurzem mit einem holländischen Immobilienmakler in Spanien zu tun. Er war sehr kooperativ."
Innerlich muß ich ein Lächeln unterdrücken. Ein befreundeter Anlageberater hatte mir einmal anvertraut, daß Frauen wie Gysèle ihr Vermögen meist besonders konservativ anlegen.
„Das ist eine gute Idee", erkläre ich kurz angebunden und gebe dem Kellner ein Zeichen.
Wir reden eine Weile über das *Parkcafé* – so langsam gehöre ich selbst zur Ausstattung – und über die Kundschaft. Schließlich kommt sie auf jenes Thema zu sprechen, das seit einigen Tagen die Medien beschäftigt. Ein evangelischer Pfarrer hatte die sexuellen Bedürfnisse der größtenteils jungen Männer angesprochen, welche wie eine Sintflut einwandern. Er wollte Prostituierte während wenig frequentierten Tageszeiten zu kostenlosen Arbeitseinheiten verpflichten.
„Auf was für Ideen Hochwürden da kommen", bemerkt Gysèle kopfschüttelnd.
„Mir war bisher auch nicht aufgefallen, daß diese sogenannten Flüchtlinge ohne ihre Hände zu uns finden", gebe ich spöttisch zu bedenken.
„Wir haben im *Parkcafé* darüber gesprochen. Was da für ein Bild von uns dahinter steckt. In deren Augen gehören wir zur Sklavenarbeit abkommandiert."
„Du hast recht. Das ist mir auch schon aufgefallen. Wenn der Klerus seine Liebe zum Übernächsten entdeckt, haben alle anderen ihr letztes Hemd zu geben."

„Sie verachten uns mehr als alles andere. Es gab einmal eine Zeit, da mußten die Häuser von käuflichen Frauen abseits des restlichen Dorfes stehen. Mancher Geistliche sehnt sich nach diesen Zeiten zurück. Sie können sich verstellen, wie sie wollen, ich merke sofort, wenn ich es mit solchen Typen zu tun habe. Da sind mir Männer lieber, die nicht einmal den Ehering abnehmen oder zu bequem sind, den Kindersitz von der Rückbank zu montieren. Das ist dann etwas anderes."

„Es geht nicht nur um einen Berufsstand. Sie verachten in Wirklichkeit ihre eigenen Gemeinden und darüber hinaus das ganze Volk. Und wenn ich ganz ehrlich bin, dann verachte ich diese Gestalten auch."

Der Kellner trägt die Gericht auf: diverse Fleisch- und Fischsorten, Gemüse, Reis und Früchte.

„Wir haben eine ausgezeichnete Wahl getroffen!"

„Lass' uns in aller Ruhe diese Köstlichkeiten genießen, aber dann will ich Dich um eine Erlaubnis bitten."

Gysèle schaut mich hintergründig an. Ihr Mund lächelt verwegen.

„Die Erlaubnis ist erteilt."

„Normalerweise gehen wir mit den intimen Details unserer Gäste sehr diskret um, aber heute Abend würde ich gern eine Ausnahme machen und Dir einiges Unterhaltsames über die verklemmte Fleischeslust der Geistlichkeit mitteilen."

Wir lachen gemeinsam.

„Und ich werde meinerseits meine ärztliche Schweigepflicht für diesen einen Abend stornieren und Dir einiges über das Seelenheil dieses Menschenschlages erzählen. Sie haben es nicht anders verdient."

Nachbetrachtungen zur Sitzung mit Monika Z.

Z. hat ihre Überzeugung geäußert, die Invasion der Zuwanderer beruhe auf einem Plan mit dem Ziel der Zerstörung des Landes. Sie begründet dies nicht nur mit der auch jetzt noch immer weiter steigenden Masse an illegalen Einwanderern, sondern auch mit deren kognitiven Fähigkeiten sowie ihrer Religion.

„Bevor die ersten Kolonisatoren kamen, übrigens Araber, gab es dort keinen Kalender, keine mehrstöckigen Häuser, keine Schrift, kein Irgendwas."

Ich weiß, worauf sie anspielt und bin froh, daß sie die höflichste Form wählte, dies auszudrücken.

„Wollen Sie mir wirklich weiß machen, das seien die dringend benötigten Ärzte und Ingenieure? In manchen Ländern dieses Erdteils beträgt die Analphabetenquote mehr als 50 Prozent, aber alle tun so, als dürfe man das nicht sagen. Eigentlich darf man es gar nicht wissen."

Ihr Blick schweift im Zimmer umher, so als fühle sie sich brüskiert, nachdem jemand sie für dumm verkaufen wollte.

„Es gab wieder Krawall in der sogenannten Flüchtlingsunterkunft. Ich habe schon einmal darüber mit Ihnen gesprochen. Diesmal ging es um Blasphemie. Angeblich hat jemand den Religionsstifter beleidigt. Die Polizei kam zwar, die Beamten mußten sich jedoch in einem Zimmer des Verwaltungstraktes einschließen, nachdem sie mit Eisenstangen angegriffen wurden. Nach drei Stunden wurden sie von einer Spezialeinheit befreit. Teile des Gebäudes wurden komplett zerstört. Diese angeblich so verfolgten Menschen sollen also in Zukunft unsere Altenpflege übernehmen."

Sie sieht mich voller Sarkasmus an.

„Denen will ich nicht einmal gesund ausgeliefert sein", fügt sie nach einer Pause hinzu. „Aber es geht gar nicht so sehr um mich. Ich habe Angst um meine Kinder."

Sie klingt ernst.

„Und diese Wohlgesinnten – ich meine damit diese Politiker und ihre Medienvertreter – erzählen uns Tag für Tag, dies alles sei erstens unabwendbar und zweitens zu unserem besten?"

Sie sieht mich direkt an.

„Ich glaube nichts mehr und schon gar nicht an einen Zufall."

Wenn Personen für rätselhafte Zustände nach einer Urheberschaft suchen, dann folgt das oft einem religiösen Motiv. Zweitausend Jahre vor der Entdeckung der ersten Supernova flüchteten sich die Menschen zur Erklärung der Welt in eine siebentägige Schöpfungsgeschichte. Auch heute ist das noch so. Ein Patient berichtete mir einmal von seinem Besuch eines kreationistischen Museums in den USA, in welchem Attrappen von Dinosauriern mit Sätteln bestückt waren.

„Sind das Handpuppen? Marionetten?"

„Ich glaube, das wirkt nur so", versuche ich zu beschwichtigen. „Wir haben unsere Selbstbestimmung verloren, nicht erst jetzt, sondern schon vor Jahrzehnten."

„Das sage ich doch."

„Ja, aber es ist nicht so, wie Sie meinen. Diese Politiker – ‚unsere' sage ich seit langem nicht mehr – sind an keine festen Vorgaben einer fremden Macht gebunden. Sie haben diese Ziele – teils bewußt, teils unbewußt – längst zu ihren eigenen gemacht. Das gilt auch für einen großen Teil unserer Bevölkerung. So fügt sich das eine zum anderen."

Z. nickt fast unmerklich mit dem Kopf. Wir sind am Ende der Sitzung angekommen.

Tagebuch-Eintragung

Ein Lokalpolitiker ist bei einer Kommunalwahl während einer Kundgebung niedergestochen worden. Zeugenaussagen zur Folge soll der Attentäter bei seiner Verhaftung gerufen haben „Ich rette den Messias!" Die forensische Psychiatrie schätzt ihn dennoch als schuldfähig ein, und der Staatsschutz verweist auf seine vermeintlich fremdenfeindliche Vergangenheit. Ich bin mir sicher, daß unsere staatspolitische Führung genau auf solch einen Vorfall gewartet hat. Er wird als „symptomatisch für das Land" gewertet. Was jetzt folgt, die „Präventionsstrategien gegen Radikalisierungsprozesse" und die damit verbundenen Interventionen, sind eine unmißverständliche Ermächtigungspolitik. Kritische Äußerungen zur Einwanderungskatastrophe sind seit der Überarbeitung der Rechtsgrundlagen gegen die „gruppenbasierte Haßkriminalität" praktisch unmöglich. Die Versammlungsfreiheit ist faktisch außer Kraft gesetzt, und die Kapazitäten für die Sicherheitsorgane wurden massiv aufgestockt. Von den Medien werden diese Maßnahmen erwartungsgemäß zustimmend kommentiert. Optimismus wird verbreitet, und die Vielfalt durch die eskalierende Zuwanderung als zukünftiger Garant für eine wirksame Demokratiekontrolle gewertet. Der Staat ist zu einem autoritären Regime geworden.

Tagebuch-Eintragung

Sind es die Ideen, welche den Lauf unserer Zeit bestimmen, oder sind es die materiellen Verhältnisse des Wohlstandes? Intuitiv neige ich zu ersterem. Die Sprache ist zu einem Hebel der Selbstverbrennung verkommen. Es vergeht kein Tag, an dem wir nicht mit Engelszungen dazu verführt werden, uns selbst aus der Welt zu schaffen. „Wir" ständen vor einem „enormen Kraftakt", heißt es, und niemand wagt zu fragen, was von diesem „Wir" übrig bleiben wird, sollte er gelingen. Die Demagogen schmeicheln der Masse. Sie appellieren an ihre Wünsche, Instinkte und Vorurteile. Wahres wird übertrieben und die Lüge nicht gespart. „Wir", das sind die Wohlgesinnten, die Gutmeinenden, die sich in den Dienst dieser wahrhaft edlen Sache stellen. Das sind die Kategorien des Denkens, in denen wir uns bewegen. Vielleicht wird von diesen diabolischen Einflüsterungen eines Tages genau so wenig übrig bleiben wie von den mitschwingenden Einschüchterungen. Möglicherweise ist es aus der Rückschau dann nur noch ein schweflig riechender Rest, der sich langsam verflüchtigt. Aber in der gegenwärtigen Situation sind diese lausigen Lakaien des Ungeistes zu herrischen Dämonen mutiert, die mit ihrem verderblichen Einfluß unser Tun bestimmen. Natürlich hat die Schwemme von Migranten auch ökonomische Ursachen. Wir sind ein reiches Land, und die Eindringlinge wollen einen Teil von diesem Kuchen. Aber das war schon immer so gewesen. Daß es nun so kommt, mit solcher Brutalität, das hängt mit der Unerbittlichkeit der Invasion zusammen. In einem Schlachthof wurde ich einmal Zeuge einer Szene, die ich nie vergessen werde. Zuerst war der Bulle störrisch und kämpfte mit allen Kräften gegen sein Schicksal an. Seine Augen waren vor Schreck weit aufgerissen. Er wußte, was ihm bevorstand. Doch kurze Zeit später begann er, leicht nachzugeben. Es gab keine Hoffnung mehr für ihn, und er fügte sich in sein Los. Der Schlachtermeister lief um ihn herum und versetzte ihm den betäubenden Bolzenschuß in die breite Stirn. Das Tier hatte begriffen, daß dies der einzige Akt der Gnade war, den es noch zu erwarten hatte.

Tagebuch-Eintragung

Meine weltanschaulichen Parameter beginnen sich zu verschieben. Manche rechtsstaatlichen Dissonanzen in diesem Land sind so unüberhörbar geworden, daß es unmöglich ist, darüber einfach hinwegzusehen. Es ist, als säße man vor einem Puzzle und einzelne Teile ließen sich einfach nicht einfügen. Man kann sie drehen und wenden, wie man will, aber sie passen ganz einfach nicht in die Gesamtheit hinein. Man hat dann die Möglichkeit, das Spiel in die Ecke zurückzustellen und die ärgerliche Angelegenheit zu vergessen. Viele Menschen handeln in diesem Sinne. Einige wenige haben jedoch die Neigung, sich weiter in die rätselhafte Verzahnung der Teile zu vertiefen, und es kommt durchaus manchmal vor, daß sich das vom Hersteller der Schachtel beigelegte Foto des Gesamtbildes als falsch erweist. Mehr und mehr erschließt sich dann ein ganz anderer, ungeahnter Kontext. So erging es mir in den letzten Tagen und Wochen. Der Ton ist rauher geworden, und die Nervosität steigt, vor allem auf Seiten der etablierten Parteifunktionäre und der ihnen ergeben dienenden Medien. Jene Dissidenten, welche auf Demonstrationen Gesicht zeigen, werden ganz offen als „Dreck", „Geschmeiß" oder „Aussatz" bezeichnet. Die Demokratie wird ordinär. In manichäischer Tradition wird der dem System treue Teil der Bevölkerung als „Bürger des hellen Lichts" gepriesen, die Oppositionellen hingegen als „Gesellen der Finsternis". Die beiden Lager stehen sich ungleich gegenüber. Während das eine als primitiver gesellschaftlicher Bodensatz dargestellt wird, bedient sich das andere genau jener Wortwahl, welche diesem soziologischen Typus entspricht. Die Dissidenten reagieren geschickt und heften sich genau diese abwertenden Beschimpfungen wie Auszeichnungen an die Brust. Es ist ihnen gleichgültig geworden, was dieser Staat von ihresgleichen hält. Der Diskurs ist an dieser Stelle aufgekündigt. Es gibt kein Einvernehmen mehr. Die Nomenklatura spielt ungeniert ihre Macht aus und verletzt dabei die Verfassungsgrundsätze. Wir Dissidenten erfahren Tag für Tag unsere Ohnmacht, wissen uns selbst jedoch als rechtmäßigen Souverän.

Traumaufzeichnung

Erster Traum: *Ich befinde mich im Bereich eines ostasiatischen Heiligen Schreins. Fragwürdige Straßenhändler verkaufen Amulette oder bieten an Kartentischen ihre Dienste als Wahrsager an. Ein Mann mit dunkler Hautfarbe hat eine Art Glücksrad. Ich empfinde tiefes Heimweh. Schließlich zahle ich einer unbekannten Frau Geld und öffne den Schieber eines hölzernen Käfigs. Zahlreiche Vögel entfliegen.*

Zweiter Traum: *Ich stehe vor einem Brunnen, welcher aus drei ineinander verschachtelten Schalen besteht. Aus der kleinen obersten Schale fließt das Wasser in die etwas größere, darunter liegende Schale und von jener in die unterste.*

Das Geschäft mit dem Aberglauben ist für mich gleichbedeutend mit Betrug. Daher wohl auch mein Angstgefühl, das im Traum als Heimweh erscheint. Wenn in einem Traum Symbole erscheinen, welche auf unredliche Weise Glück versprechen, dann deutet dies auf mangelnden Eigenantrieb oder fehlende Selbstbestimmung hin. Zuletzt bekommt der Traum dennoch einen versöhnlichen Ton. Die Vögel, welche ich befreit habe, verweisen darauf, daß ich mich von etwas gelöst habe. Ich habe einen Brunnen wie im zweiten Traum auf einer Reise durch Südostasien gesehen. Es war kein wirklicher Springbrunnen gewesen. Das Wasser plätscherte vielmehr still in seinem Kreislauf von Ebene zu Ebene. Es ging eine tiefe Ruhe von diesem Spiel des Wassers aus. Dazu paßt auch die positive Energie, die ich nach dem Erwachen verspürte. Das Sprichwort vom Krug, der zum Brunnen geht, bis er bricht, taucht als Assoziation bei mir auf. Es paßt aufgrund seines destruktiven Inhalts nicht wirklich zum stimmigen Charakter dieses Traumbildes.

Tagebuch-Eintragung

Zu Beginn des Jahres zerschellte in den Alpen eine Linienmaschine an einer Felswand. Der Pilot hatte den Flieger willentlich zum Absturz gebracht. Der geborgene Flugschreiber zeichnete sein ruhiges Atmen mit der Atemmaske auf, während der Autopilot auf Kollision programmiert war. Untersuchungen ergaben, daß der Mann psychisch schwer krank war. Aber weder seine Kollegen noch die Passagiere wußten von seinen Depressionen. Sie hatten sich ihm anvertraut und wurden schließlich seine Opfer. Die kaltblütige Gewissenlosigkeit des Täters hallte lange in den Sensationsmedien nach, die das Ereignis als dankbare Ablenkung vom herrschenden Chaos nutzten. Eigentlich war der Flugkapitän krank geschrieben gewesen und hätte an diesem Tag gar nicht an seinem Arbeitsplatz erscheinen müssen. Ein Freitod wäre für ihn auch möglich gewesen, ohne Hunderte von ahnungslosen Passagieren ins Verderben mitzureißen. Mich hatte damals die Tatsache beschäftigt, daß er sich von Anfang an sicher sein konnte, nicht für die Tat zur Verantwortung gezogen zu werden. Bei klarem Verstand kann man diese Handlung nicht verstehen.

Vielleicht wird sich dieses Ereignis auch nur aus der Rückschau – nämlich als Vorzeichen einer weit größeren Katastrophe – begreifen lassen. Die Zustände in unserem Land sind völlig aus dem Ruder gelaufen. Die Staatsgewalt hat inzwischen in existenziell wichtigen Fragen die Kontrolle verloren. Eigentlich müßten jetzt die Notverordnungen eingeleitet werden. Die Staatsführung sieht jedoch keine Veranlassung dazu. Bei ihren öffentlichen Auftritten wirkt sie entspannt und verbreitet unbeirrt Optimismus. Ihre Verantwortungslosigkeit ist mitleidlos und schüchtert mich ein. Ich frage mich, ob sie verrückt ist oder ganz einfach kriminell. Niemand kann es sagen. Wir sitzen angeschnallt auf unseren Sitzen, und die Flugbegleiter geben Erdnüsse und Kaffee aus, während der Sinkflug unwiderruflich in den Bordrechner eingegeben ist.

Tagebuch-Eintragung

Ein Dorf leistete erbitterten Widerstand gegen die ihm zugeteilten Einwanderer. Seit über einer Woche war die einzige Zugangsstraße mit zwei sogenannten Informationsständen über die Zuwanderung besetzt, welche bereit standen, die angekündigten Transporte zu blockieren. Es ist eine kleine Ortschaft, und die Bevölkerung stand geschlossen hinter der Aktion. Ihr charismatischer Sprecher hatte alle vernetzt. Rund um die Uhr waren die Informationsstände mit mindestens je fünf Personen besetzt. Späher auf Vorposten hielten Ausschau auf den Konvoi aus Polizeiwagen und Bussen. Als dieser vorgestern im Morgengrauen auf die Gemeinde zurollte, war innerhalb weniger Minuten die gesamte Gemeinschaft auf den Beinen und ließ sich weder durch Drohungen noch anderen Maßnahmen zur Räumung bewegen. Wahrscheinlich eskalierte die Situation, als eine versprengte Gruppe von Aktivisten versuchte, die Reifen der Fahrzeuge zu zerstechen und die Frontscheiben zu demolieren. Die Medien berichten von einem Angriff auf die Zuwanderer selbst. Belegen läßt sich das nicht. Die Amateuraufnahmen im Netz zeigen eine entfesselte Polizeigewalt. Bei dem Einsatz von Schlagstöcken wurden nach Presseberichten mehr als ein Dutzend Aktivisten schwer verletzt. Schon gestern kursierten Gerüchte, daß das unverhältnismäßig brutale Vorgehen der Beamten ein Todesopfer gefordert hätte. Heute wurde das offiziell bestätigt. Den Angaben zufolge erlag die junge Frau im Spital ihren Verletzungen.

Tagebuch-Eintragung

Die Gesellschaft ist in der Frage der Springflut an Zuwanderern tief gespalten. Auf der einen Seite sind da die Empfangskomitees in den Flughäfen und Bahnhöfen, die von den Medien unablässig in Szene gesetzt werden. Dazu kommen Prominente der zweiten Riege aus Sport und Unterhaltung, die sich wechselseitig nach den öffentliche Auftritten im Dienst der Interessen der Einwanderer ihrer vorzüglichsten Wertschätzung versichern. Die etablierte Politik war von Anbeginn an ein monolithischer Block. Aus ihren Reihen gab es nie eine fundamentale Kritik an dem beispiellosen Schauspiel, das sich im Moment abspielt. Allenfalls einzelne Stimmen im Sinne eines Korrektivs sind zu vernehmen, und auch diese werden wohl nach den nächsten Wahlen verstimmen. Scheinbar gibt es also keine Opposition, doch dieser Eindruck ist offensichtlich falsch. Es knistert in der Luft, so als wäre sie elektrisch aufgeladen. Das Lager der Dissidenten ist seiner Sprachgewalt beraubt, es wirkt überrumpelt und hilflos, aber es hat nicht aufgehört, zu existieren. Immer wieder versuche ich seine Größe auszuloten. Offizielle Umfragen verweisen auf eine Mehrheit, die weiter Migranten aufnehmen will. Wo es dem Bürger noch erlaubt ist, seine Meinung anonym zu äußern, überwiegt hingegen eindeutig die Ablehnung, und die Radikalität, mit welcher sie formuliert wird, läßt aufhorchen. Es sind nicht nur die Instrumente des Polizeistaates, welche den Bürger stimmlos machen. Mir scheint, es sind vielmehr die subtilen gruppendynamischen Prozesse, die ihn lähmen. Jede Gruppe hat ihre Hackordnung. Auf der obersten Stufe stehen die Alpha-Tiere, also die besagten Politiker und Prominenten. Sie sind fast unangreifbar – wenigstens jetzt im Augenblick. Die nachgeordneten Ränge, Beta und Omega, stehen in einem spezifischen Verhältnis zueinander, und ich glaube, daß hierin der entscheidende Grund für die gegenwärtige Lethargie liegt. Wollen die Betas überleben, dann sind sie gezwungen, den Alphas ohne Widerspruch zu folgen. Verweigern sie ihre Gefolgschaft, so droht ihnen der Abstieg in den Rang der Omegas. Diese bekommen – wenn überhaupt – nur das zu fressen, was ansonsten kaum verwertbar ist, und kein anderes Tier der Gruppe will sich mit ihnen paaren. Es ist das zeitlose Dilemma des Kleinbürgers: Entweder er fügt sich in die Rolle des Untertanen, oder er wird verstoßen. In unserer Zeit sind die Dissidenten die Omegas, egal aus welcher sozialen Schicht sie ursprünglich kommen und ungeachtet ihrer beruflichen Qualifikation. Man spürt im Alltag die Ängstlichkeit des Kleinbürgers vor seiner Ächtung. Es ist nicht so sehr seine demonstrative Unterwürfigkeit vor den Thronen der Elite, sondern seine schier grenzenlose Furcht mit den Omegas in Berührung zu kommen. Diese sind Parias, Unberührbare oder, wenn man so will, Aussatz. Man darf sie beleidigen, bespucken oder wegtreten wie verlauste Hunde. Und es ist der Untertan, der die Steine wirft. Tief in sich fühlt er seine krämerhafte Schäbigkeit und reagiert sie an jenen ab, welche sich an ihrer inneren Freiheit aufrichten.

Tagebuch-Eintragung

Ich habe heute Nachmittag zum ersten Mal in meinem Leben an einer Demonstration teilgenommen. Es hat mich viel Überwindung gekostet. Der Veranstalter selbst ist wegen Eigentums- und Drogendelikten vorbestraft. Als Psychologe wundert mich, daß eine derart vorbelastete Person dennoch Tausende Menschen mobilisieren kann. Offenbar bin ich viel stärker durch bürgerliche Normen determiniert als die meisten anderen Menschen. Der Platz vor dem Schauspielhaus ist von der Polizei abgeriegelt. Wie alle anderen werde ich nach Waffen durchsucht und muß mich ausweisen. Der Polizist verschwindet mit meinem Personalausweis hinter einem der Mannschaftswagen. Er ist abweisend, aber korrekt. Dann gehe ich auf den LKW auf der Mitte des Platzes zu, der zu einer Bühne mit Lautsprecheranlage umgebaut ist. Schätzungsweise 200 Personen haben sich hier versammelt. Angemeldet gewesen waren zehn Mal so viele. Es stoßen noch Personengruppen zu uns vor, doch an der Größenordnung wird dies nicht mehr viel ändern. Endlich tut sich etwas. Das Mikrophon wird geprüft, und Musik beginnt zu spielen. Ich schaue mir die Menschen um mich herum an. Sie entsprechen ziemlich genau dem Bevölkerungsquerschnitt. Es ist kalt, und ich bin froh, als ein Ansager erscheint und uns begrüßt. Seine Worte gehen größtenteils in dem gellenden Pfeifkonzert der Gegendemonstranten in

Sichtweite unter. Sie müssen mindestens doppelt so viele sein wie wir. Die Menschen in meiner unmittelbaren Umgebung bleiben gelassen. Wahrscheinlich sind sie nicht zum ersten Mal bei solch einer Versammlung. Eine ältere Dame stößt mich sanft an. „Die werden vom Staat dafür bezahlt!" ruft sie mir laut ins Ohr, so daß ich es trotz des Lärms verstehen kann.

Davon habe ich schon oft gehört, es jedoch nie vollumfänglich geglaubt. Vor einigen Wochen trat jedoch ein Mann an die Öffentlichkeit, der nachweislich aus Steuermitteln für das Verteilen von Luftballons, Infomaterial und „vor allem Stimmungsmache" bezahlt worden war. Dennoch dürften das Einzelfälle sein. Der angekündigte Hauptredner hat inzwischen die Bühne betreten. Manche schwenken Fahnen oder halten beschriftete Schilder in die Höhe. Immer wieder vernehme ich Fetzen des Redetextes. Es geht um geopolitische Allianzen, korrupte Politiker und natürlich den progressiv steigenden Zustrom an Immigranten. Die Menge applaudiert, und hier und da wird eine Parole skandiert, aber wirklich mitreißen kann der Vortrag niemanden. Immer wieder wird davor gewarnt, sich zu Gewalttaten hinreißen zu lassen. Wenn ich mich jedoch umsehe, dann finde ich kaum jemanden, dem ich auch nur eine entschlossene Selbstverteidigung zutraue. Und auch sonst ist da viel zu viel Wenn und Aber. Als Zuhörer hat man immerzu das Gefühl, der Redner versuche, sich von irgendwelchen Phantomen abzugrenzen. Ich frage mich, zum wie vielten Male er nun schon das Bleiberecht der wirklich politisch Verfolgten betont hat. Angesichts der sich dramatisch zuspitzenden, innenpolitischen Lage lassen sich geordnete Verfahren gar nicht mehr durchführen. Der Mann argumentiert im Gestern und Vorgestern, und die Menge spürt intuitiv, daß er für das Heute und Morgen gar keinen Plan hat. Im Hintergrund werden die Schmäh-Gesänge und Polizeisirenen immer lauter. Feuerwerkskörper werden geworfen. Angeblich können die Ordnungshüter die Veranstaltung nicht mehr schützen. Dem Redner bleibt nur noch, die Zuhörer aufzufordern, nächste Woche wieder zu kommen. Dann werden wir in Kastenwägen zum Hauptbahnhof gefahren. Es fliegen Steine und Flaschen gegen die vergitterten Scheiben.

„Jetzt lassen wir alle drei Minuten einen von Euch einzeln aussteigen", sagt einer der Polizisten spöttisch, als wir am Ziel ankommen.

Nachbetrachtungen zur Sitzung mit Jutta R.

R. spielt mit dem Gedanken auszuwandern. Der Grund liegt nicht im privaten Bereich, sondern in der eskalierenden Überfremdung. Sie fühle sich hier immer weniger zuhause, erklärte die Patientin. Sie hat recht. Es ist tatsächlich ein Unterschied, ob man in der Heimat zum Fremden wird oder als Fremder in der Fremde lebt. Mich überraschen diese Überlegungen, da R. sich bisher mir gegenüber noch nie zur Thematik der ungebremsten Einwanderung geäußert hatte. Wir sprechen fast die ganze Sitzung über dieses Problem. R. hatte bisher mit ihren diesbezüglichen Gefühlen hinter dem Berg gehalten, da sie der Meinung gewesen war, „das gehöre hier nicht her". Mir wurde endlich klar, daß diese Problematik inzwischen jeden betrifft, ob er sich nun dazu bekennt oder nicht. Manche plädieren für die Gründung von Bürgerwehren, andere wollen den Rest der angestammten Bevölkerung in einem separierten Rumpfstaat sammeln. Wenn die Frage „Was ist zu tun?" in einem Gespräch – meist nach langem Zögern – angesprochen wird, dann erkenne ich stets mit Verwunderung, daß die betreffende Person sich damit seit langem und sehr intensiv beschäftigt hat. Bei manchen ist Resignation herauszuhören. Man könne nichts machen oder jedenfalls nicht viel, heißt es dann. Aber auch auf Trotz bin ich schon gestoßen. Da gibt es solche, die sich nicht unterkriegen lassen, egal was kommt.

„Wir haben unzählige Kriege überlebt, die Diktatoren und die Pest. Wir werden auch das überleben!" hörte ich beim Joggen im Stadtpark eine gut gekleidete Frau zu einer anderen sagen, während sie auf einer Bank sitzend ihren Hund streichelte.

Hin und wieder verbindet sich die Sorge mit Optimismus.

„Soll sich der Staat doch zu Tode siegen", erklärte mir ein junger Mann. „Langfristig destabilisiert er sich selbst und geht unter. Das Volk hingegen wird überdauern. Bleiben Sie gelassen, das ist mein

Ratschlag! Ja, ich meine das wirklich so! Lehnen Sie sich zurück und genießen Sie die Show! So was wird nicht jeden Tag geboten." Und dann sind da noch jene, die das Ganze mit Humor betrachten. „Genau genommen gehört die Erde ja den Echsen", meinte ein Spaßvogel zu mir. „Dieser Meteoriteneinschlag vor Millionen Jahren war ein unwahrscheinlicher Zufall. Wenn das Land jetzt flöten geht, dann sollten wir uns nicht allzu sehr grämen. Wie gewonnen, so zerronnen!"

Tagebuch-Eintragung

Ich hatte bisher im Umgang mit Menschen immer das Öffentliche vom Privaten getrennt. Als ich mich etwa vor einigen Jahren wegen einer ungerechten Behandlung meines Sohnes durch einen Lehrer an den Rektor der Schule wandte, wußte ich zwar um dessen Parteibuch, dies spielte jedoch im wechselseitigen Umgang keine Rolle. Salopp formuliert, handelte man nach dem Prinzip: Dienst ist Dienst und Schnaps ist Schnaps. Dieses Motto scheint nun nicht mehr zu gelten, zumindest was den Staat und seine Handlanger betrifft. Jeder Dissident – oder wer sich in den Verdacht bringt, einer zu sein – wird in seiner bürgerlichen Existenz bedroht und in den meisten Fällen vernichtet. Ein Lokführer aus meinem Bekanntenkreis hat seinen Arbeitsplatz verloren, nachdem ihn ein Arbeitskollege zufällig beim Einkaufen traf und ein Foto von ihm machte. Das Bild zeigt ihn in Freizeitkleidung einer Modemarke, die sich in systemkritischen Kreise einer gewissen Beliebtheit erfreut. Dabei ist dieses Unternehmen längst in ausländischer Hand und lehnt jede politische Positionierung in öffentlichen Stellungnahmen strikt ab. Das half meinem Bekannten nichts. Ein Arbeitsgericht bestätigte die Gültigkeit der Kündigung. Aber auch die Exekutive läßt die Muskeln spielen. „Wem das Herz voll ist, dem geht der Mund über", besagt ein altes Sprichwort. In diesen Tagen ist das nicht anders. Doch der renitente Bürger möge sich hüten. Ein unbedachter virtueller Kommentar zieht nicht selten eine Hausdurchsuchung nach sich. Meiner Einschätzung nach wirkt diese Art der

Einschüchterung. Ein Teil des Volkes hält artig seinen Mund, um nicht anzuecken. Aber auch hier wächst hinter der Fassade der Angepaßtheit der Groll auf das System. Jeder weiß, daß in bestimmten Bezirken der Großstädte längst zugewanderte Familienclans das Sagen haben und die Polizei sich gar nicht in diese Viertel traut.

Traumaufzeichnung

Erster Traum: *Ich bin in einem Zugabteil eingeschlafen und wache erschrocken auf. Mir ist nicht klar, ob ich meine Zielstation versäumt habe oder ob der Zug überhaupt in die gewünschte Richtung fährt. Ein Zugbegleiter öffnet die Tür des Abteils und kontrolliert meine Fahrkarte. Er nickt zustimmend und schließt die Tür wieder.*

Zweiter Traum: *Auf einem mittelalterlichen Marktplatz ist ein Scheiterhaufen aufgeschichtet. Ein alter Mann in einer schwarzen Kutte sitzt still davor. Ich kann sein Gesicht nicht erkennen.*

Der Schaffner im Traum übt ganz offensichtlich eine Kontrollfunktion aus und bestätigt mir, daß ich auf dem richtigen Weg bin. Er ist eine Art hilfreiche Person, die mir seelisch zur Seite steht. Der Scheiterhaufen symbolisiert das Loslassen von allen Wünschen, Erwartungen, Hoffnungen und Illusionen, die ich bis jetzt noch hatte.

Tagebuch-Eintragung

So langsam läßt die Regierung die Katze aus dem Sack. Die Ministerin für Integration erklärte heute, die Bevölkerung müsse sich darauf einstellen, daß der größte Teil der Flüchtlinge dauerhaft hier bleibe. Sie verwies auf ihre eigene Herkunft aus einem Land, das in den vergangenen Jahrhunderten mehrfach Ziel von Wanderungsbewegungen war und darauf, daß viele der damaligen Migranten seßhaft geworden wären. Das ist eigentlich nichts Neues. Wie vielen anderen Bürgern war mir schon lange klar, daß der Fluchtgrund – falls es überhaupt je einen gab – nur ein Entrée-Billet für einen Platz an der Futterkrippe war. Was die Ministerin hingegen vergaß, zu erwähnen, war die außereuropäische Herkunft der meisten heutigen Migranten. Sie wirken auf den ersten Blick schon fremd und oft auch feindselig. Niemand macht sich noch etwas vor. Ich wähnte mich in einer Zeit des Biedermeier zu leben und wurde jäh enttäuscht. Meine Arbeit war mir wichtig gewesen, meine Reputation, die damit verbundene gesellschaftliche Anerkennung, mein finanzieller Verdienst und die vielen käuflichen Annehmlichkeiten des Lebens. Aus diesen Selbstverständlichkeiten, Überzeugungen und Einvernehmlichkeiten wurde ich brutal, wie ein selig schlafendes Kind, herausgerissen. Es ist in diesen Tagen unmöglich, nicht radikal zu sein. Es gibt den linken Extremismus mit seiner Forderung nach der Vergesellschaftung der Produktionsmittel, den rechten und religiösen Extremismus mit ihren totalitären Strukturen, aber auch das sogenannte demokratische Lager mit seiner Absicht, das eigene Volk abzuschaffen. Fast täglich melden sich Prominente zu Wort und appellieren an noch mehr Willkommenskultur. Mal sind diese Aufrufe vom Pathos der Berg-Predigt getragen, mal fordern sie den Ehrgeiz des Bürgers heraus: „Das wäre doch gelacht, wenn wir das nicht stemmen!" oder „Wenn wir das nicht gebacken bekommen, wer dann?" Es entsteht ein Wettlauf ins Verderben und keiner fragt, was jenseits der Ziellinie auf uns wartet.

Tagebuch-Eintragung

Ich habe bei Sandra angerufen und darum gebeten, am Wochenende ein paar Stunden mit den Kindern verbringen zu dürfen. Sie hat spontan eingewilligt. Ich höre keine Animosität mehr bei ihr heraus. Mit allen dreien besuche ich dann das *Ocean World*, eine Unterwasserattraktion amerikanischen Stils. Nachdem wir fast eine halbe Stunde anstehen mußten, kommen wir zunächst in eine Art Fotoatelier. Wir setzten uns auf ein altmodisches Plüschsofa, das dem aufgerissenen Maul eines Weißen Hais, der in Anlehnung an eine altes Filmplakat aus der Tiefe schnellt, entspricht. Eva, meine jüngste, setzt sich außerdem noch neben einen überdimensionierten Seeigel in eine Auster. Die Bilder sind im Preis inbegriffen. Dann treten wir in einen nur spärlich beleuchteten Raum ein. Die Aquarien entlang der Wand zeigen Quallen, die wie stofflose, helle Silhouetten tanzen, bizarre Tiefseefische, eingetaucht in obskures Licht, und hochgiftige Meeresschlangen. Der nächste Raum erinnert an eine tropische Grotte, und gegen Aufpreis können sich Gäste in altertümlichen Taucheranzügen unter die Schildkröten und Fische im Becken mischen. Viele stellen sich an die Scheibe und lassen sich mit jenen Meeresbewohnern photographieren, die ihr Maul an die Panzerglasplatte pressen. Ganz am Ende des Rundgangs wartet auf die Touristen die Sensation des Hauses. Wie ein Tunnel wölbt sich ein Gang durch das Aquarium selbst. Wir wandelten unter mehreren großen Haien und Rochen, die in majestätischer Ruhe über uns ihre Kreise ziehen. Dann setzen wir uns in ein Restaurant im Erdgeschoß eines großen Einkaufkomplexes. Ich bestelle Spagetti mit Muscheln und ein Flaschenbier dazu. Die Kinder wünschen sich jeweils eines der Sonderangebote, das frittierte Meeresfrüchte mit Limonade und Eiscreme kombiniert. Svenja, meine Älteste, ist jetzt zwölf geworden, Lars ist zehn und Eva acht Jahre alt. Ich habe mir vorgenommen, heute kein Wort über die Schule zu verlieren. Alle drei benehmen sich sehr artig, aber die Natürlichkeit ist abhanden gekommen. Ich spüre, daß ich nicht mehr wie selbstverständlich zu ihnen gehöre. Das Gespräch schleppt sich zwischen allerlei Oberflächlichkeiten und Bemerkungen, mit denen ich nicht viel anfangen kann. Von einem Sommerurlaub in Portugal schnappe ich etwas auf und von einer gewissen Estelle.

„Es ist mehr als eine Freundschaft", informiert mich Svenja aus heiterem Himmel. Ich brauche einen Moment, um zu verstehen. Früher hatte nie etwas auf eine derartige Orientierung Sandras hingewiesen. Im Grunde genommen geht es mich nichts an.

„Schau mal da!" sagt Lars zu Eva und nickt in Richtung auf eine Reklametafel.

„Was soll da sein?" fragt Eva.

Ich kann auch nichts besonderes erkennen. Die Abbildung zeigt drei Männer mittleren Alters in der Natur, Bier trinkend.

„Drei Männer und keine einzige Frau, das ist sicherlich so eine Art Chauvinisten-Bier", erklärt Lars verächtlich.

Als ich die Kinder zu ihrer Mutter zurückbringe, bin ich unsicher, ob sie umarmt werden wollen. Einen Augenblick herrscht allgemeine Ratlosigkeit, dann gibt mir Svenja einen Kuß auf die Wange, und die anderen folgen. Sie schauen hoffnungsfroh in die Zukunft – sie sind ja noch ahnungslos.

Traumaufzeichnung

Erster Traum: *In einem Kellerraum versuche ich, eine Filmspule in einen Projektor einzufädeln. Es gelingt mir nicht, und der Filmstreifen verheddert sich.*

Zweiter Traum: *Ich durchquere eine Wüste und versinke mit meinen Stiefeln immer tiefer im Treibsand.*

Die Träume sind eine Anspielung an meine gescheiterte Ehe. Die Begegnung mit meinen Kindern hat Emotionen wach gerufen, die sich nicht so einfach abspielen lassen wie gewöhnliche Urlaubsaufnahmen. Ich spüre auch an meinem Alkoholkonsum, daß mir mein gegenwärtiges Privatleben zu schaffen macht.

Tagebuch-Eintragung

Am Morgen fand ich in meinem Briefkasten eine Erklärung des Bürgermeisters zur Errichtung einer Zeltstadt auf dem hiesigen Messegelände. In den Nachtstunden war jedem Haushalt solch ein Blatt Papier in den Postschlitz gesteckt worden. Zeitgleich hatten Mitarbeiter eines internationalen Hilfswerks die Zelte für Tausende von Einwanderern aufgebaut. In einer Nacht-und-Nebel-Aktion entstand eine Baumschulidylle an Unterkünften in einer Formation wie nordkoreanische Parteimarschblöcke. Einzelne Protestler wurden von der Polizei, ohne zu zögern, weggeknüppelt und der gesamte Bereich abgeriegelt. Im Stundentakt kommen die neuen Nachbarn nun in Bussen. Als ich am Nachmittag aus sicherer Entfernung auf die schematisch angeordneten, blütenweißen Planen sah, mußte ich an die seit langer Zeit überfremdeten Stadtviertel denken. Diese Parallelgesellschaften, wie man sie nannte, waren das Experiment für das gewesen, was hier in Zukunft sein würde – nicht nur in einzelnen Bezirken, sondern überall im Land. Sie waren die Vorhut und das, hier vor meinen Augen, diese unangekündigte Unvermeidbarkeit, war ein Zwischenlager für die nachrückenden Siedler. Ein Stadtrat war im Laufe des Tages an die Öffentlichkeit getreten und hatte etwas von „unkoordinierten Terminzwängen" geunkt. Auf der untersten Ebene der Politik, in unmittelbarer Nähe zu den Betroffenen und deren Verbitterung, macht man sich noch die Mühe, die erzwungenen Tatbestände zu rechtfertigen. Für die Nomenklatura in der Hauptstadt gilt dies schon lange nicht mehr. Es kann passieren, daß ein Staatsmann ein einziges Mal aus der Rolle fällt – nur für ein paar Sekunden, nur mit einem einzigen Satz – und bei dieser Gelegenheit sein wahres Gesicht zeigt. „Was soll's, jetzt sind sie eben da!" antwortete die Regierungschefin auf eine besorgte Frage zum Zuwanderungschaos. Wenn man nach einem bildhaften Ausdruck von Hybris sucht, sollte man nicht an den antiken Nero denken, der vor den nächtlichen Konturen des brennenden Roms Harfe spielt. Dieses Sentiment tritt je nach Persönlichkeit des Darstellers viel banaler auf. In unserem Fall entpuppt es sich als eklige Mischung aus schamloser Gewöhnlichkeit und hinterhältiger Bosheit.

Tagebuch-Eintragung

Ich stelle mir vor, ich stände auf einer steilen Klippe und sähe aufs offene Meer. Es ist früh am Morgen, und der Nebel liegt wie ein bleiches Tuch über der See. Nur das stete Rauschen der Brandung ist zu hören. Langsam beginnt sich der Dunst zu lichten. Dunkle Silhouetten zeichnen sich zögernd vor dem Schleier des beginnenden Tages ab. Erst will ich nicht glauben, welcher Anblick sich mir bietet. Aber das hilft nichts. Es kann sich unmöglich um einen Fata Morgana handeln. Eine ganze Armada ist an diesem Küstenabschnitt gelandet, und kein einziger Verteidiger hat sich ihr entgegengestellt. Das ist, nüchtern betrachtet, unsere Situation. Wie aus dem Nichts sind Millionen von Invasoren in unser Land eingedrungen, ohne daß auch nur ein einziger Schuß gefallen ist. Und diese Invasion ist noch gar nicht zu Ende. Tag für Tag ergießt sich eine neue Schwemme von Migranten in unsere Heimat, um langsam in den Ritzen und Fugen unserer Städte zu versickern und damit der nächsten Welle Platz zu machen. Ich verzweifle fast an diesem Phänomen. Irgendein ominöses Vorzeichen muß diesem Ereignis vorangegangen sein, ein Komet am Himmel etwa oder ein anderes Prodigium. Die römischen Priester sprachen von Divination, wenn sie ein Omen kausal mit einem historischen Ereignis verknüpften. Der moderne Mensch sucht die Ankündigung im geschichtlichen Prozeß selbst. Gestern sprach ich mit einem Bekannten, der die Hippies der siebziger Jahre als Schuldige ausgemacht haben will. Das sei die Zeit gewesen, als die Effeminisierung der Männer begann und die Wehrhaftigkeit zerstört wurde. Er liegt falsch damit. Die Blumenkinder hatten die Virilität nicht aufgegeben. Sie haben nur eine neue Rolle dafür gesucht. Und diese Unangepaßtheit hatte den zotteligen Sinnsuchern mit ihrer Sehnsucht nach Transzendenz und freier Liebe damals einigen Mut abverlangt. Es war eine Zeit gewesen, in welcher die Menschen zu neuen Ufern aufbrachen und rebellierten. Nichts von diesem Geist ist heute lebendig. Es gibt keine Visionen von einem besseren Dasein mehr und auch keine verrückten Utopien. Das Leben ist öde geworden. Es geht seinen Lauf über die Menschen hinweg. Niemand wird mehr gefragt. Die Träume sind unnötig geworden. Das Alternativlose spielt sich vor unseren Augen ab.

Traumaufzeichnung

Erster Traum: *Ich sitze auf einer Wiese an einem Flußufer. Auf dem Wasser treibt gemächlich ein offener Sarg vorbei. Ich versuche, zu erkennen, wer darin liegt. Es gelingt mir jedoch nicht.*

Zweiter Traum: *Ich besuche eine Oper. Es geht um eine lebensfrohe Witwe und deren Hausfreund.*

Ein Sarg könnte eine Aufforderung sein, mit einem Lebensabschnitt oder einem Ereignis abzuschließen. Dazu paßt auch die zweite Traumsequenz mit ihrer Anspielung auf meine untreue Ex-Ehefrau.

Tagebuch-Eintragung

Immer noch herrscht in den Bahnhöfen der Großstädte, in denen die mit Einwanderern vollgestopften Züge eintreffen, Volksfeststimmung. Die Menschen sprechen von einem Sommermärchen. An den Gleisen wartende Helfer versorgen die Ankömmlinge mit Getränken und Nahrungsmitteln. Der Florist hat heute seine gesamten Schnittblumen verkauft. Die Kleinen bekommen Teddybären geschenkt, die oft größer sind als sie selbst. Für das Bild des Tages sorgte ein Beamter des Grenzschutzes. Es zeigt ihn auf Augenhöhe mit einem Kind, das seine Polizeimütze auf dem Kopf trägt. Vor seiner eigentlichen Aufgabe, nämlich die Grenzen zu schützen, hat er längst kapituliert. Daß er das so offen zeigt, bringt ihm Sympathie ein. Die Euphorie speist sich gleichermaßen aus Naivität wie auch aus Bigotterie. Junge Frauen schenken den Männern Küsse. Das Volk hat wieder zu einer Mission gefunden. Vordergründig geht es um Hilfe für die Notleidenden, in Wahrheit um den eigenen Untergang. Diese Sinnstiftung steht so plastisch im Raum, daß ich einen Augenblick lang das Gefühl habe, ich könnte sie mit den Fingern ertasten. Die im Gelobten Land Angekommenen selbst wirken wie Sieger in einem Wettkampf, von dem eigentlich niemand sagen kann, wer ihn ausgelobt hat. Die Strapazen der Wanderschaft sind vielen von ihnen noch anzusehen, aber ihre Hartnäckigkeit hat sich für sie gelohnt. Sie sind am Ziel. Von nun an müssen sie sich keinen zwielichtigen Schleppern mehr anvertrauen, keine falschen Papiere mehr mit sich führen und nicht länger bei Nacht und Nebel fremde Grenzen passieren. Sie werden jetzt berechtigte Ansprüche stellen können, nach Unterkunft, nach Zusammenführung mit ihren Familien und nach einem besseren Leben. Manche haben Zeige- und Mittelfinger zu einem Siegeszeichen gespreizt, andere recken die geballte Faust in den Himmel. Niemand wagt, den allgemeinen Freudentaumel in Frage zu stellen. Kein Kind ruft: „Der Kaiser ist nackt!" Es herrscht ein strikter Konsens über die Einordnung des Geschehens. Nicht einmal Gleichgültigkeit ist erlaubt. Ein Mann stimmt Schillers „Ode an die Freude" an, und ein Teil der Menge summt bewegt mit. Viel Dankbarkeit von Seiten der Immigranten ernten sie nicht. Das meiste der Nahrungsmittel landet in den Mülltonnen im Eingangsbereich, wo Obdachlose sie begierig herausfischen. Jene, die kommen, fordern alles oder nichts!

Traumaufzeichnung

Erster Traum: *Ich bin auf dem Gipfel eines Gebirgspasses angekommen und habe einen eindrucksvollen Ausblick auf das Tal. Am Ufer eines Sees steht ein Gemäuer mit einem Turm. Dieser ist jedoch niedergerissen und liegt neben dem Bauwerk.*

Zweiter Traum: *Eine ältere Frau schließt eine auffallend große und gleichzeitig kitschige Gürtelschnalle.*

Dritter Traum: *Ein etwa gleichaltriger Mann zieht mich ins Vertrauen und enthüllt mir ein Geheimnis. Ich bin ihm noch nie begegnet, aber er wirkt auf mich sehr vertrauenswürdig. Was er mich wissen läßt, ist weniger ein Mysterium, sondern eher eine sachliche Information. Nachdem ich den Inhalt begriffen habe, erscheint mir jedoch alles um mich herum verändert.*

Ein Gebirgspaß symbolisiert den Scheitelpunkt einer Persönlichkeitsentwicklung. Der eingerissene Turm spielt auf Unterwerfung an. Der Traum mit der Gürtelschnalle zeigt auf vulgäre Weise den fehlenden Respekt für eine bestimmte Frau im Alter der Regierungschefin an. Aus dem dritten Traum geht hervor, daß ich etwas Elementares begriffen habe, auch wenn nicht klar wird, was das konkret ist.

Tagebuch-Eintragung

Heute Morgen um vier Uhr schellte mich die Politische Polizei aus dem Bett. Zeitgleich wurden mein Haus und meine Praxis durchsucht. Es wurde mir nicht erlaubt, einen Anwalt hinzuzuziehen, stattdessen mußte ich unter Aufsicht in der Küche warten. Ich werde wohl nie das fiese Grinsen im Gesicht jenes Beamten vergessen, der mir genüßlich Spülmittel über die am Tage zuvor zubereitete Mahlzeit goß. Vermutlich war die Teilnahme an der Demonstration letzte Woche der Grund. Die Personalien wurden also nicht zufällig aufgenommen. Offiziell stehe ich im Verdacht, an Aktivitäten beteiligt zu sein, welche die Demokratie gefährden. Instinktiv habe ich die Aktion kommen sehen und alle Unterlagen, welche mich oder meine Patienten belasten könnten, zur Seite geschafft. Ich habe mich mit jedem einzelnen in Verbindung gesetzt und versucht zu beruhigen. Meine Praxis ist geschlossen, bis das beschlagnahmte Material gesichtet ist. Faktisch ist meine wirtschaftliche Basis nun zerstört. Intime Mitteilungen in meinen Aufzeichnungen können vom Staat zur Erpressung benutzt werden. Damit ist eine Vertrauensbeziehung und im Grunde genommen eine therapeutische Arbeit überhaupt unmöglich gemacht. Ich habe auch Sandra kontaktiert und ihr mitgeteilt, daß es mit den Unterhaltszahlungen im kommenden Jahr wahrscheinlich schwierig wird. Sie hat die Nachricht gelassen aufgenommen.

Traumaufzeichnung

Erster Traum: *Ein Beamter des Stadtbauamtes erklärt mir, daß an meinem Haus aus Gründen des Denkmalschutzes keine Fensterläden angebracht werden dürfen. Er empfiehlt mir stattdessen Jalousien.*

Zweiter Traum: *Meine geschiedene Frau fragt mich amüsiert, warum die Frage der Jungfräulichkeit für mich von so hoher Bedeutung sei.*

In der Realität hatte ich mit dem städtischen Bauamt nie zu tun. Es geht um die Einsicht in meinen Privatbereich von außen, aber auch um die Möglichkeit, meine Innenräume zu verdunkeln. Der im zweiten Traum enthaltene Spott gibt mir zu denken. Tatsächlich ist der Aspekt der sexuellen Unberührtheit für mich so unbedeutend, daß ich mit meiner Ex-Frau nie darüber gesprochen habe. Es geht hier um etwas anderes, das für mich in letzter Zeit zu Bruch gegangen ist, ein Vertrauen etwa oder eine Bindung. Der Hohn läßt die emotionale Belastung durch die Zäsur erkennen.

Tagebuch-Eintragung

Ich wurde in die obere Mittelschicht hineingeboren. Daß ich diesen Satz in mein Tagebuch eintrage, ist eine Ironie des Schicksals, denn nichts war mir bisher gleichgültiger. Ich hatte von Anfang an fast unbegrenzte Mittel und deutlich bessere Chancen als die meisten anderen Menschen, um meinen Weg zu gehen. Wenn ich dabei an Grenzen stieß, dann waren sie der Beschränktheit meines Talents geschuldet, nie jedoch meiner Herkunft. Ich hatte nie Stolz auf diese Provenienz empfunden, ja nicht einmal ein angemessenes Maß an Dankbarkeit. Dafür war sie mir zu selbstverständlich gewesen und phasenweise auch zu langweilig. Es war der Nachwuchs der Arbeiterschicht gewesen, den ich als Jugendlicher insgeheim um sein früheres Erwachsenwerden beneidet hatte, nicht so sehr die Arztkinder, welche teilweise noch behüteter aufwuchsen als ich selbst. Sicher, mein Großvater hatte erlebt, wie sich die Familie nach der Beförderung seines Vaters einschränken mußte, um die standesgemäße neue Arbeitskleidung zu finanzieren. Aber das lag viel zu lange zurück, um noch einen Einfluß auf mich zu haben. Einkommen, Vermögen – überhaupt Geld – sind für mich nur potentielle Konsummöglichkeiten, und so selbstredend ging ich auch bisher damit um. Würde ich durch ein unvorhergesehenes Mißgeschick Hab und Gut verlieren, so bliebe ich doch in meiner Substanz derselbe, der ich immer war. Das bilde ich mir jedenfalls ein.

Ich bin mir sicher, daß sich mein Nationalbewußtsein genauso trivial und auf der Hand liegend entwickelt hätte, wenn ich als Sohn eines selbstbestimmten und freien Landes geboren wäre. Vermutlich wäre ich dann einer jener Kosmopoliten geworden, die nur an ihr individuelles Glück und die Entfaltung ihrer Persönlichkeit denken. Eine Zeit lang ging es auch in diese Richtung. Als Kind war ich beseelt vom Wunsch auszuwandern, und wäre er in Erfüllung gegangen, hätte ich sicherlich alles Vertraute ohne einen Blick zurück hinter mir gelassen. Doch dann kam es anders. Nicht etwa Enttäuschungen in der Fremde holten mich ein und auch nicht neu entdeckte Reize der Heimat. Es waren vielmehr die Gewalt und die Verlogenheit, mit der man meine Kultur entstellt hatte, was mich melancholisch an sie band. Die quälende Trostlosigkeit, zu der das Eigene herabgewürdigt wurde, hatte mich gleichermaßen traurig wie auch trotzig gemacht. Ich begann nach Gründen zu suchen und Behauptungen zu prüfen, und am Ende wurde mir klar, daß ich gar keine andere Wahl hatte, als mich als Teil dieses Volkes zu begreifen. Und gerade angesichts der Bösartigkeit und Niedertracht der Vernichter ist es mir völlig unverständlich, wie man dessen Abschaffung bejubeln und sich damit gemein machen kann.

Tagebuch-Eintragung

Jedes politische System hat seine eigenen Durchhalteparolen. „Wir sind gefordert, aber nicht überfordert", lautete der Standardspruch der politischen Funktionäre in den vergangenen zwölf Monaten, wenn es um die Integration der Migranten ging. Schon von Anfang an gab es berechtigte Zweifel an dieser Versprechung. Wo die Zuwanderer-Lobby von „händeringend benötigten Fachkräften" sprach, wollten Ökonomen gar keinen Bedarf erkennen. Besonnene Geister warnten, daß Automatisierung, Robotik und Digitalisierung in Zukunft einen wesentlichen Teil der Arbeitsplätze überflüssig machen würden. Wie eine unverrückbare Konstante stand die Maxime auch dann noch im medialen Raum, als die Zahl der Einwanderer regelrecht explodierte. Der unvoreingenommene Bürger bekam immer mehr den Eindruck, daß die machthabende Elite wohl nie mit einem Integrationsvorhaben überfordert wäre, egal wie schwierig diese Aufgabe sich am Ende gestalten würde. Als dann die ersten Pressemeldungen vorsichtig andeuteten, man müsse die Erwartungen wohl etwas nach unten revidieren, schwante mir und anderen nüchternen Gemütern, daß auch im Reich der regierenden Tausendsasas die Bäume nicht in den Himmel wachsen. Jene hochkarätigen Wirtschaftsvertreter, welche gestern noch gerufen hatten „Da kommen genau jene, die wir brauchen!", verweisen nun immer öfter auf die nachlassende Konjunktur. Wahrscheinlich waren dies die letzten Minuten einer unerschütterlichen Hoffnungsperiode, die dem Glockenschlag der Desillusion vorausgingen. Die Ernüchterung spielt sich auf allen gesellschaftlichen Ebenen statt: den Schulen, den Betrieben, den Stadtvierteln, den Rathäusern und den Straßen. Eine gigantische Heerschar von Flüchtlingen, die keine waren, hat sich ihren Weg ins Land gebahnt, und plötzlich weiß niemand zu sagen wozu. Dem großen Rausch folgt nun der Kater mit seinem charakteristischen Elendsgefühl. Das bedingungslose Willkommen hatte die Frage nach der Machbarkeit nie zugelassen. Aber auch jetzt will niemand den Angekommenen erklären, daß sie weniger herbeigesehnt als vielmehr selbst das Opfer falscher Versprechungen, irreführender Anreize und des dauernden Einknickens der Regierung vor dem geltenden Recht sind.

Tagebuch-Eintragung

Wir, also jene, die dieses Land bis vor kurzem noch als ihre Heimat betrachteten sind auf der untersten Stufe unserer kümmerlichen Existenz angekommen. Als Freiwild sind wir der Willkür der Eroberer preisgegeben. Es ist die letzte Sprosse eines langen Abstiegs. Wir wurden verhöhnt, belogen, benutzt und verleumdet. Jetzt stehen wir am Beginn des finale furioso. Ein totalitäres Regime unserer Tage führt sein Volk nicht mehr selbst an die Genickschuß-Gruben. Man macht sich nicht selbst die Hände schmutzig, nein, man läß die Taten geschehen und genießt hämisch das Schauspiel. Am frühen Morgen, zu jener Tageszeit, welche als die sicherste gilt, habe ich mich zum Einkaufen aufgemacht. Der Wachmann einer privaten Sicherheitsfirma grüßt höflich am Eingang. Nur wenige Kunden halten sich in dem Einkaufsmarkt auf. Eine gebrechliche alte Frau quält sich an ihrem Rollator zwischen den teilweise leeren Regalen hindurch. Längst haben Hamsterkäufe das Angebot dezimiert. Ein Mann im mittleren Alter ist mit seiner Tochter hier. Es scheint, als hätten sie gerade Krach miteinander gehabt. Ein älteres Ehepaar kann ich noch ausmachen, das sich leise über etwas zu beraten scheint. Ich suche nach speziellen Filtertüten für meine Kaffeemaschine und halte Ausschau nach einer Verkäuferin, die ich fragen könnte. Außer den beiden Kassiererinnen ist keine Beschäftigte zu sehen. Schließlich wird mir die Lächerlichkeit meines Ansinnens bewußt. Wir leben nicht mehr in einer Normalität mit ihren genormten Filtertüten und diversen Premium-Angeboten. Ich hatte das tatsächlich immer noch nicht begriffen. Plötzlich ertönt ein dumpfer Schlag gegen die Glastür am Eingang. Die Kassiererinnen rufen aufgeregt durcheinander. Dann herrscht Totenstille. Ein junger Mann in einem roten Trainingsanzug steht unverhofft vor mir. Wenn er mich anbrüllt, kontrastiert seine dunkle Hautfarbe mit seinem hell-rosa Mund. Ich verstehe die Sprache nicht, in der er mich anherrscht, reiche ihm jedoch wie ferngesteuert mein Portemonnaie. Er nimmt zuerst die Banknoten heraus, dann lässt er die Münzen in seine offene Hand fallen. Nachdem er sich abgewendet hat, bücke ich mich nach meiner Geldbörse, die noch meinen Personalausweis und zwei Kreditkarten enthält. Eine junge Frauenstimme kreischt immer wieder „Nein!", und eine Männerstimme mischt sich ein. Die Regale nehmen mir die Sicht, aber ich bin mir sicher, das muß die blonde Heranwachsende sein, die mit ihrem Vater hier ist. Ich schaue zu den Kassiererinnen, aber die sind verschwunden. Auch der Sicherheitsmann ist nicht mehr auf seinem Posten. Wahrscheinlich ist er geflohen. Mindestens fünf Männer sind an dem Überfall beteiligt, eventuell auch mehr. Wenige Meter von mir entfernt fallen Gegenstände zu Boden, etwas geht hörbar zu Bruch. Die Tür zum Lager steht offen. Zwei der Täter stehen feixend an der Schwelle. Von dort kommt das Wimmern und Stöhnen der jungen Frau. Ein dritter kommt hinzu, stellt sich auf einen Getränkekasten und schaut seinen beiden Komplizen über die Schulter. In einer Hand hält er eine Machete. Der Fremde, der mein Geld geraubt hatte, hält den Vater in Schach. Der Bedrohte weiß in diesem Moment genau, daß – ganz gleich wie er nun reagieren wird – er den Rest seines Lebens mit dieser Entscheidung hadern wird. Er ist leichenblaß und zittert.

„Du hast keine Lippen", lacht einer der Fremden. „Nur zwei Streifen."

Dabei fährt er sich mit den Fingern in seinem Gesicht herum. Die Bande beratschlagt etwas. Wahrscheinlich geht es darum, was mit der Frau geschehen soll. Dann ertönt auf einmal eine Sirene. Jemand hat den Alarm ausgelöst. Vielleicht war es eine der Kassiererinnen. Jetzt hat es die Horde eilig. Sie zieht überstürzt ab.

Tagebuch-Eintragung

Gysèle hat sich gemeldet. Sie war um mich besorgt, weil ich schon länger nicht mehr im *Parkcafé* war und auch sonst nichts von mir hören ließ. Ich redete mich mit allerlei Ausreden, daß ich beruflich und privat gerade so viel um die Ohren hätte und ähnliches, heraus. Aber ich spürte genau, daß sie wußte, was los war. Man muß entspannt sein, um überzeugend zu schwindeln. Das war ich nicht. Ihr Anruf war mir so lästig gewesen wie die dauernde Reklame im Briefkasten, und es war mir nicht gelungen, diese Gereiztheit zu parieren. Ihr Tonfall, der schon zu Beginn des Gesprächs etwas Künstliches an sich hatte, wurde am Ende sehr unpersönlich. Seit ich Aya kennengelernt habe, ist mir der Appetit an pikanten Abwechslungen verloren gegangen. Meine Beziehung zu ihr ist etwas völlig anderes. Wir sprechen wenig miteinander, wenn wir uns lieben. In der Stille ist die tiefe Verbundenheit zwischen uns dann um so lauter.

Tagebuch-Eintragung

Ich besuchte heute im Institut einen Vortrag mit dem Titel *Das kollektive Unbewußte und die Evolution*. Eigentlich gehe ich zu diesen Referaten nur unregelmäßig. Hin und wieder ist mir danach, alte Kollegen wiederzusehen und neue kennenzulernen. Die Rede war interessant, vermied jedoch jeden Bezug zur gegenwärtigen Situation. Auch in der nachfolgenden Diskussion wagte keiner der Zuhörer, die prekäre Lage im Land anzusprechen. Es gibt kaum eine aktuellere Frage, als jene nach dem Einfluß des archaischen Erbes in unserem Kontext. So sehr ich mich auch anstrenge, mir will kein Mythos und keine Legende einfallen, die auf den Stand der Dinge passen. Dabei muß es in der Vergangenheit immer auch Wanderung, Landnahme und Verdrängung gegeben haben. Als ich gegen Ende der Veranstaltung einen alten Bekannten darauf anspreche, nickte dieser verständnisvoll, doch statt einer Antwort wechselt er nervös das Thema. Die Gesprächssituation gerät durcheinander. Ich weiß nicht mehr, was ich sagen soll oder überhaupt noch sagen darf. Im selben Moment stößt Erna zu uns. Manchem gilt sie als Seele des Instituts, sicherlich ist sie jedoch die dienstälteste Mitarbeiterin.

„Hallo, Erna", begrüße ich sie. „Schön, Dich heute zu sehen, in dieser schwierigen Zeit!"

Sie hält einen Briefumschlag in der Hand.

„Jemand hat diesen Brief abgegeben. Er ist an Dich adressiert."

Tatsächlich steht mein Name auf dem Kuvert.

„Kein Absender?" frage ich irritiert.

„Nein, ein mir unbekannter Mann hat ihn abgegeben. Er sagte, er kenne Dich persönlich und daß Du Dich an ihn erinnern würdest. Er hatte es so eilig, daß ich keine weiteren Fragen stellen konnte."

Ich verabschiede mich und öffne zuhause den Umschlag. Er enthält einen kurzen, handschriftlichen Text, der ohne viel bahnbrechendes Pathos zum „Widerstand gegen die Einschüchterungskultur" aufruft, sowie Ort und Zeitpunkt für eine persönliche Begegnung. Unterzeichnet ist das Schreiben vom *Komitee der Zugehörigen*. Ich hatte mir einen konspirativen Kampfruf immer mit viel mehr Elan und Symbolik vorgestellt. Es fehlt die Verknüpfung zu einer eingängigen Melodie oder einer Fahne.

Tagebuch-Eintragung

Ich wartete heute in einem Park am Stadtrand auf einer der Bänke zwischen dem barocken Jagdschloß, das als Hotel genutzt wird, und dem künstlich angelegten Weiher auf einen Vertreter des mysteriösen Komitees. Es sind kaum Menschen in der Grünanlage, jedenfalls niemand, der sich für mich interessiert. Die angegebene Uhrzeit ist bereits überschritten, und ich denke darüber nach, ob sich eventuell jemand einen Scherz erlaubt hat. Dann sehe ich in einiger Entfernung zwei Personen. Es ist ein Mann und eine Frau, und sie reden miteinander. Als sie näher kommen, erkenne ich den Mann wieder. Es handelt sich um jenen Patienten, der mir seine Identität nicht preisgeben wollte. Er begrüßt mich mit meinem Vornamen, so als ob wir uns schon lange kennen würden. Die Frau an seiner Seite ist attraktiv. Sie trägt einen dunkelblauen Mantel und eine weiße Strickmütze.
„Du warst in Deiner Praxis nicht mehr zu erreichen", sagt er. Das Du klingt selbstverständlich. Es stört mich nicht, obwohl ich sonst so sehr auf Abgrenzung bestehe. Ich will ihm erklären, warum ich meine Tätigkeit aufgegeben habe, aber er winkt ab und erklärt, er sei über alles informiert.
„Meine Begleiterin Aya", stellt er seine scheue Gefährtin vor. „Ich bin übrigens Tomász."
Wir reichen uns die Hände. Gemeinsam gehen wir dann ans Ufer. Aya hat eine Tüte altes Weißbrot mitgebracht und füttert damit gedankenverloren Schwäne und Enten. Sie deutet auf eine kleine Insel in der Mitte des Teiches.
„Wahrscheinlich brütet das Federwild dort, geschützt vor allen Räubern", sagt sie leise wie zu sich selbst.
Tomász antwortet nicht. Nachsichtig lächelnd geht er über ihre Bemerkung hinweg. Es gehörte zu seiner Art, Aya mit ihren Gefühlen sich selbst zu überlassen. Vermutlich war das für seinen Umgang mit Frauen typisch.

„Was ist das *Komitee der Zugehörigen* genau?" frage ich Aya nach einiger Zeit. „Ist es ein Feme-Gericht oder eher eine Partisanen-Einheit?"

„Keiner dieser Begriffe trifft es genau, aber von beidem ist etwas dabei."

„Für den Freischärler fehlt uns das tellurische Element", sagt Tomàsz. „Die Spanier kämpften einen irregulären Krieg gegen Bonapartes Fremdherrschaft auf eigenem Boden so wie die Vietnamesen gegen die Amerikaner. Tomàsz und ich kommen jedoch nicht von hier, und das Land ist eigentlich nicht militärisch besetzt, auch wenn mancher dieses Gefühl hat. Aber es stimmt, wir führen einen Kampf jenseits des Kriegsrechts, deshalb werden wir auch als Terroristen bezeichnet und können uns auf keine Konvention berufen. Wir führen den Kampf nach unseren Gesetzen, planmäßig, lautlos und unsichtbar."

Wir gehen wortlos einige Meter, bis wir zu einem Steg kommen, der im Sommer für Tretboote genutzt wird.

„Da sind noch so viele Fragen, die sich mir stellen. Ich meine: Dinge, die ich noch nicht verstanden habe."

Aya sieht mich unvermittelt an.

„Wir werden uns immer wieder mit Dir treffen und alles besprechen", sagt sie. Mach' Dir jetzt keine Sorgen."

„Was uns von regulären Einheiten unterscheidet, ist unsere Wendigkeit und unsere Intensität", erklärt Tomàsz. „Wir sind sehr mobil, vor allem was unsere interne Organisation angeht. Und anders als bezahlte Söldner kämpfen wir gegen ein verhaßtes Regime. Wenn ich mir die Gesichter unserer Feinde ansehe, dann sind das zu einem großen Teil leblose, fahle Fratzen, die sich ängstlich an ihre Ämter krallen. Mehr nicht."

„Wir sitzen nicht zu Gericht über unsere Feinde", fügt Aya hinzu. „Solches Pathos ist uns fremd. Nüchtern und konzentriert führen wir unser Operationen durch."

Ich denke einen Moment an Gernot. Wäre ich imstande, an einer Aktion gegen ihn persönlich teilzunehmen?

„Wie groß ist der Spielraum des einzelnen, wenn es um die Auswahl der Ziele geht?"

Aya und Tomàsz sehen sich fragend an. Schließlich versuchte Aya, eine Antwort zu geben.

„Es wurde noch niemand zur Teilnahme an einer Aktion gezwungen. Auf der anderen Seite kann auch nicht jede, von einem einzelnen Mitglied selbst gewünschte Aktion vorbereitet werden. Du solltest Dir darüber nicht unnötig viele Gedanken machen."

„Werden wir Räume für den Rückzug haben?" frage ich.

„Ja, im Ausland, das ist kein Problem."

Das Buch *Totaler Widerstand*, ein weitgehend veralteter Ratgeber für den Krieg im Untergrund, den ich vor vielen Jahren zur Unterhaltung gelesen hatte, kommt mir in den Sinn. Der Autor verwarf ausdrücklich jeden Defätismus und empfahl, in ausweglosen Situationen oder für den Fall der Verhaftung „noch einen mitzunehmen".

„Werde ich speziell ausgebildet werden?"

„Nein, für komplizierte Operationen haben wir Experten. Zu Beginn wirst Du vor allem vertrauliche Informationen übermitteln und bestimmte Aktionen vorbereiten."

Ich war schon einmal in diesem Park gewesen. Sandra, ich und die Kinder hatten auf der Rasenfläche, an welcher wir gerade vorbeigingen, ein großes Tuch ausgelegt. Ich hatte Dosenbier aus der Kühlbox getrunken, und Sandra hatte mit den beiden ältesten Federball gespielt. Eva war in diesem Alter nicht zu halten gewesen. Entgegen allen Aufforderungen ging sie mit tapsigen Schritten zu benachbarten Gruppen oder Einzelpersonen, betrachtete interessiert deren Tun und Lassen aus einer gewissen Distanz, um schließlich strahlend vor Freude zu den Ihren zurückzukehren. Als sie wieder neben mir stand, reichte sie mir mit gestrecktem Arm ein Speiseeis. Meine Reflexe waren viel zu langsam und im nächsten Augenblick hatte sie ihr Angebot zurückgenommen und zog mit triumphierender Miene wieder von dannen.

„Wenn es uns tatsächlich gelingen sollte, uns zu behaupten, was wird am Ende aus dem Sieg entstehen?" frage ich.

Eine Zeit lang laufen wir nebeneinander her, ohne daß jemand das Wort ergreift.

„Das wissen wir nicht", antwortet Aya schließlich. „Es wird mit Sicherheit kein wie auch immer geartetes, nostalgisches Gestern sein.

Das steht fest. Aber es wird bestimmt ein Morgen, für welches sich der Kampf lohnt."

Tagebuch-Eintragung

Es ist immer dieselbe Frage, die ich mir stelle: Wie konnte es passieren, daß wir kampflos überrumpelt wurden? Der Zeitgeist war keineswegs ausgeprägt pazifistisch gewesen. Unser Militär war in verschiedenen Krisengegenden der Welt präsent, während unsere Heimat überrannt wurde, ohne daß ein einziger Schuß fiel. Die Fürsten des Mittelalters hätten angesichts einer solchen Gefahr ihre Heere selbst in die Schlacht geführt und jedem Deserteur die Nase abschneiden lassen. Zu jeder Zeit hätten die Befehlshaber der Streitkräfte ihre Divisionen an die Küste geworfen und die anlandenden Invasoren ins offene Meer zurückgetrieben. Wir dagegen hatten nicht einmal den Schneid, Bedingungen für unsere Kapitulation auszuhandeln. Selbstverständlich wurden wir ein Stück weit auch getäuscht. Aber das kann schwerlich darüber hinwegtrügen, daß kein Wehrwille vorhanden war. Der vorzüglichste Schanzkünstler steht auf verlorenem Posten, wenn sich niemand zur Verteidigung entscheiden mag. Immer wieder kreisen meine Gedanken um diese Ursache. Die zufällige Erwähnung eines Wallfahrtsortes in einem Gespräch führte mich zum Begriff der Sühne. Unsere stupide Gutgläubigkeit, unsere irregeleitete Humanität – war das eine verkappte Ausgleichsleistung, um unsere Schuld abzutragen? Die kindsköpfige Trunkenheit – um nicht zu sagen: der Suff – der Bevölkerung bei der Ankunft der Invasoren, war das in Wirklichkeit eine Form politischer Ekstase? Zuerst geißeln wir uns, dann wickeln wir uns in eigener Regie ab. Und keiner kann die Götter benennen, die wir gnädig stimmen wollen.

Tagebuch-Eintragung

Wenn ich Aya, so wie jetzt gerade, im Halbdunkel vor mir habe, wirkt sie fast angsteinflößend. Sie steht vor dem Bett, und das Licht aus dem Badezimmer wirft lange Schatten auf ihren Körper und Gesicht. Sie ist schlank, und ihre Brüste sind klein und sehr fest. Ich bewundere ihre Anmut. Sie strahlt eine natürliche Würde aus, die mich demütig macht. Bei unserer Vereinigung, vor wenigen Minuten, fühlte sie sich zerbrechlich an. Sie hatte mich eng, ja fast verschlossen, in sich aufgenommen, und ich hatte mich vorsichtig, so wie ein Bittsteller, bewegt. Ich habe diese unterwürfige Seite als Mann an mir. Gerade weil es mir so schwer fällt, mich dazu offen zu bekennen, erregt mich diese Konstellation. Aya öffnete sich mir langsam, immer wieder ein bißchen mehr, so wie der Kelch einer Blüte am frühen Morgen. Sie legte ihre Schenkel so um meine Hüfte, daß ihre Fersen sich über meinem Rücken kreuzten. Ihre Leidenschaft war still und zog sich nur kurz wie eine liebevoll bebende Manschette zusammen. Dann entließ sie mich ohne ein Wort oder auch nur einen Seufzer, wie einen gehorsamen Diener.

„Ich werde nun nach Hause gehen", sagt sie mit ruhiger Stimme.

Es klang fast wie die Frage, ob ich damit einverstanden sei.

„Das ist zu gefährlich. Warte bis morgen früh."

„Du brauchst Dir keine Sorgen zu machen. Ich werde abgeholt, und wenn ich bei mir angekommen bin, dann rufe ich Dich an, damit Du Dir keine Sorgen machst."

Sie hatte sich wieder angezogen. Ich stehe auf, kleide mich notdürftig an und helfe ihr in ihren Mantel. Im selben Augenblick läutet es an der Haustür.

„Wir hören voneinander", meint sie leise zum Abschied und streicht mit ihrer Hand leicht über meinen Oberarm.

Ich öffne die Tür. Ein mir unbekannter Mann in einem dunklen Anzug nickt mir freundlich zu. Er hat einen Regenschirm aufgespannt. Gemeinsam gehen sie zu einem Wagen, der mit laufendem Motor vor der Einfahrt gehalten hat. Aya schaut kein einziges Mal zu mir zurück.

Tagebuch-Eintragung

Das Chaos, in das wir gestürzt werden, kommt von weit her. Aber vielleicht gerade deshalb, sagt mir mein Instinkt, liegt die eigentliche Ursache in uns selbst. Wir wehren uns nicht oder wenigstens nicht mannhaft genug. In dieser Situation, in der alles auf dem Spiel steht, lassen wir uns täuschen wie tumbe Narren. Diese Lähmung der Überlebensmechanismen, die seit Jahrhunderten erfolgreich unsere Existenz durch die Stürme der Epochen verteidigten, muß ihren Grund in den tiefsten Lagen unserer kollektiven Psyche haben. Heute kam ich am Mahnmal unserer Stadt vorbei. Ich meide diesen Ort. Das hat nichts mit meinem Gewissen zu tun. Aber die Betonstele mit der Auflistung all jener „Ort des Schreckens, die wir niemals vergessen dürfen" ist so häßlich, als sollte der Betrachter schon durch die Architektur an sich bestraft werden. Dieses ästhetische Merkmal gilt für die meisten der zahlreichen, über das Land verteilten Mahnmäler. Schon der Begriff selbst stößt mich innerlich ab. Er verbindet sich nicht mit einer wie auch immer gearteten Besinnung oder Erbauung. Niemand sucht aus eigenem Antrieb solch einen Ort auf. In der Notation des Mahnens steckt etwas Herablassendes. Eine Mahnung wird von oben herab ausgesprochen. Sie ist ihrem Wesen gemäß eher Schimpf und Schelte als fürsorglicher Rat. Die Sphäre, in welcher sie ihren Ursprung hat, läßt kein Aufbegehren zu. Trotzdem sind diese Stein gewordenen Boten der Unterdrückung keinesfalls unantastbar. Fast alle Völker haben die triumphalen Schädelpyramiden ihrer Eroberer, die letztlich keinen anderen Sinn hatten, als zu signalisieren, wer das Sagen hat, früher oder später geschleift und durch Sinnbilder ihrer eigenen Siege ersetzt. Warum wir dazu nicht in der Lage waren, kann ich nicht sagen. Es mag unsere besondere Disposition sein, die uns nun so fatal im Weg steht.

Tagebuch-Eintragung

Manchmal versteht man von einem Augenblick auf den anderen Dinge, über welche man gar nicht bewußt nachgedacht hatte. Ein im Hintergrund laufendes neurologisches Programm blendet dann ohne erkennbaren Auslöser die Erkenntnis ein. Mir ist nun klar, warum die Medien zu Beginn der Invasion so überhitzt, so eindeutig im roten Drehzahlbereich operierten. Wenn dieser Staat auch nur von einem Funken demokratischer Kultur beseelt gewesen wäre, hätte er dieses Vorhaben dem Volk zur Abstimmung vorlegen müssen. Der mediale Trommelwirbel hatte diese politische Nachlässigkeit kaschiert. Deshalb waren die Gesten der Moderatoren so fahrig gewesen, ihre Blicke so gehetzt. Eine humanitäre Pflicht ist nicht verhandelbar. Sie zwingt zur unmittelbaren Tat. Jedes Zögern wäre unterlassene Hilfeleistung. Es war die aalglatte Tugendhaftigkeit dieser Republik gewesen, die uns in die Katastrophe führte. Hatten wir nicht immer mit Herablassung auf jene Staaten geblickt, in denen das Militär im Krisenfall kommissarisch intervenierte und die Regeln neu aushandelte, bevor der parlamentarische Betrieb wieder aufgenommen wurde? Zur rechten Zeit hätte ein Staatsstreich uns vielleicht noch retten können. Stattdessen werden wir Zeitzeugen eines einzigartigen Schauspiels. Der Bürger wählt nicht länger die nächste Regierung, vielmehr erschafft sich der Staat ein neues Volk. In nichts gefällt sich der Leibhaftige besser als im Gewand des Erlösers.

Tagebuch-Eintragung

Ich traf Aya und Tomàsz am frühen Nachmittag in einer Billard-Kneipe. Als Schüler hatte ich eine ähnliche Lokalität gern frequentiert. Damals durfte dort noch geraucht werden. Vor jedem Spiel mußte man eine Münze in einen Schieber legen. Krachend polterten die Kugeln daraufhin in den Ausgabeschacht. Um die Spielzeit zu verkürzen, waren die Löcher ungewöhnlich groß. Der Wirt pflegte hin und wieder vor das Lokal zu treten und durch eines der Fenster seine Gäste zu beobachten. Wenn er einen von uns Jugendlichen dabei erwischte, wie wir die vorzeitig versenkte Acht mit der Hand wieder herausfischten, dann kam er, in einer fremden Sprache fluchend, an, beugte sich mit ausgestreckten Armen über den Tisch und schubste alle Kugeln gebieterisch in eines der Löcher. Aya trinkt einen Campari. Das Eis klirrt noch im Glas. Sie sind also noch nicht lange hier.

„Ich spiele gegen Euch beide", erklärt Tomàsz und stößt an. Aya und ich haben die Halben.

„Wie ging es Dir nach unserem Treffen?" fragt mich Tomàsz.

Die Frage trifft mich unvorbereitet.

„Gut", erwidere ich nach einer Weile. „Die Begegnung mit Euch hat mich beruhigt. Das Chaos hat jetzt einen fixen Punkt. Ich wußte die ganze Zeit über, daß ich nicht allein bin, aber da war nie etwas Konkretes, an das ich anknüpfen konnte."

Ich komme an die Reihe und versenke ärgerlicherweise die weiße Kugel gleich mit.

„Es ist dieses Phänomen der Gleichschaltung, das ich mir nicht erklären kann", sage ich zu Tomàsz. „Wie kann es sein, daß alle gesellschaftlich relevanten Kräfte – die Medien, die Parteien, die Kirchen, die Gewerkschaft sowie die Industrieverbände – dieselbe politische Stoßrichtung haben? Sie wirken wie Handpuppen, aber ich weigere mich, an eine Verschwörung zu glauben."

„Es gibt keine Konspiration, keine Strippenzieher im Hintergrund und keinen Geheimplan", antwortet Tamás ruhig.

Er macht eine Pause und versucht gleichzeitig, mit einem Bein auf dem Boden über Bande zu spielen.

„Aber es gibt etwas anderes: einen gemeinsamen geistigen Nährboden. Das Land ist eine widerlegte Nation. Vom großen Entwurf aus der Zeit seiner Gründung ist nur eine als einzigartig behauptete Schuld übrig geblieben. Der Staat und seine Institutionen sind ihrem Volk entfremdet. Nichts an ihm ist es wert, bewahrt zu werden. So sehen es die Niedergangsgewinnler, also die gesellschaftlichen Eliten. Dies erzeugt jene perverse Lust an der Selbstauflösung."

Er hat recht.

„Wir durften die Anklagen nie hinterfragen", sage ich mehr zu mir selbst als zu meinen Begleitern. „Eine Politische Religion verlegt den archimedischen Punkt der Deutungshoheit ins Tabu."

„Die Gestalt des Teufels ist nicht die Zerstörung, sondern die Lüge. Aus der Entstellung der Wahrheit entsteht der Haß auf das Leben."

Aya hat mir zugehört. Sie ist sehr aufmerksam.

„Wie mächtig ist der Feind, dem wir gegenüber stehen?" will ich wissen.

„Du meinst den Staat?" fragt Tomàsz zurück. „Wir sollten uns davor hüten, ihn zu unterschätzen. Andererseits war er noch nie gezwungen, sich im Kampf zu bewähren. Wenn er in der Vergangenheit attackiert wurde, dann waren die Angreifer fehlgeleitete Krawallmacher, die er leicht zurückdrängen konnte. Bisher hat er die Substanz des Volkes unter allerlei moralischen Vorwänden ausgezehrt, ohne seine Abscheu auf diesen Wirt offen zu zeigen. Da dieses Regime jenseits der Abschaffung seines schutzbefohlenen Volkes keine Berufung und auch keinen Auftrag hat, es somit auch keinem erkennbaren Ziel folgt, mußte es bisher wenig Widerstände überwinden. Jetzt tut sich der Abgrund zwischen den Zerstörern und den um ihre Zukunft Betrogenen auf, und die Nervosität hinter den Kulissen der Machthaber ist groß."

Wir spielen längere Zeit schweigend. Meine Gedanken sind ungeordnet. Hin und wieder stelle ich eine Frage.

„Ergibt es denn überhaupt Sinn, in den Rumpf eines sinkenden Schiffes Löcher zu schießen?"

„Das kommt darauf an, was Du mit dem ‚Schiff' meinst", sagt Aya, während sie vor dem Tisch auf- und abläuft, um einen Winkel einzuschätzen. „Wenn Du vom Staat sprichst, dann könnten wir uns die Munition sparen. Dieses System scheitert an seinen eigenen Widersprüchen. Aber es steht weit mehr auf dem Spiel. Wenn wir uns nicht zur Wehr setzen, wird die Kultur dieses Landes – oder genauer gesagt, jene des gesamten Kontinents – in naher Zukunft schon nichts anderes sein als eine Flaschenpost. Man wird vor den Kathedralen stehen und nach einem kurzen Moment des Erstaunens werden die neuen Rechtgläubigen über die Verwendung des Bauschutts diskutieren. Willst Du das?"

Schließlich gewinnt Tomàsz das Spiel, nachdem Aya vorzeitig die schwarze Kugel in eines der mittleren Löcher rollen läßt.

Tagebuch-Eintragung

Ich hatte als Kind eine Reihe von Lieblingsgeschichten, welche mir meine Tante immer wieder aufs neue erzählen mußte. Die gespenstischste davon handelte von einem Freibeuter, der, zum Tode verurteilt, nach seiner Enthauptung mit seinem abgeschlagenen Kopf unter dem Arm die Reihe seiner Mannschaft abschritt und diese damit vor demselben Schicksal bewahrte. Auch wenn diese Erzählung natürlich fiktiv war, können die Teile eines bereits toten Organismus noch eine gewisse Zeit lang ein Eigenleben führen. Ich kann ein Lied davon singen, denn sowohl die Polizei als auch die Justiz dieses Staates, der nur noch auf dem Papier steht, schlagen unberechenbarer denn je um sich. Rückblickend wundert mich das nicht einmal. Weder die Exekutive noch die Jurisdiktion in diesem Land waren ausschließlich dazu da gewesen, die Sicherheit des Bürgers zu garantieren oder Recht zu sprechen. Seit ich denken kann, waren sie immer auch mit Aufgaben betraut gewesen, auf die kein offizieller Ausdruck so recht passen wollte. Zur politischen Polizeiarbeit gehörte vor allem die Einschüchterung von Dissidenten. Eine morgendliche Hausdurchsuchung bedeutete meist eine komplette Verwüstung des Hausrates. Außerdem arbeitete die Staatsmacht eng mit dem gewaltbereiten Lumpenproletariat in den Großstädten zusammen, wenn es um die Einschränkung der Versammlungsfreiheit kritischer Bürger ging. Nicht viel anders war es um die Gerichte und die weisungsbefugten Staatsanwaltschaften bestellt. Die Schauprozesse gegen mutmaßliche Kriegsverbrecher – fast alle waren an Demenz erkrankt oder aufgrund ihres Alter nicht mehr prozeßfähig – waren berüchtigt. Ein Freispruch war für sie von vornherein nicht möglich, da eine zur Offenkundigkeit erklärte Historiographie nicht in Frage gestellt werden durfte. Man kann sagen, daß die Umtriebe der Polizeibeamten und Richter den totalitären Charakter des Staates ganz gut widerspiegelten. Jeder im Land hatte immer gewußt, was er nicht sagen und am besten gar nicht wissen durfte. In den letzten Wochen und Monaten ist das staatliche Gewaltmonopol empfindlich erodiert. Keine Behörde kann mehr Angaben dazu machen, welche Personen sich im Land aufhalten, woher sie kommen und ob sie bewaffnet sind. Schon in geordneteren Zeiten war der Umgang der Gesetzeshüter mit kriminellen Fremden lax gewesen. Damals wollte der Staat das Gesetz nicht wirklich durchsetzen, jetzt kann er es nicht mehr. Ich fühle mich als Zeitzeuge eines einzigartigen gesellschaftlichen Experiments. Schreckliches vermischt sich mit Groteskem und Unerwartetem. Während die Sicherheitsorgane Leib und Leben der Einheimischen schon lange nicht mehr schützen, hören sie doch nicht auf, deren Gesinnung zu verfolgen. Der Staat exekutiert sein Volk ohne Rücksicht auf eigene Verluste.

Tagebuch-Eintragung

In mehreren staatlichen Unterkünften der Einwanderer ist es nach Angaben der Medien zu Hungerstreiks gekommen. Die Verpflegung wird bemängelt, die Massenunterbringung, der Zustand der sanitären Anlagen sowie die Einhaltung der Ausgangssperre. Jedermann weiß inzwischen, daß diese Meldungen nur noch Augenwischerei sind. Die Wahrheit ist wie gewohnt Verschlußsache. Über den größten Teil der Invasoren hat der Staat längst jede Kontrolle verloren. Viele Lager sind in die Gewalt ethnischer oder religiöser Gruppen übergegangen. Hier herrscht das Gesetz des Stärkeren. Minderheiten, Frauen und Kinder sind dem nackten Terror ausgesetzt. Die aus diesen Einrichtungen Vertriebenen streifen als Obdachlose durch die Städte. Sie beziehen Häuser, die von der angestammten Bevölkerung aufgegeben wurden oder bringen diese mit aller Macht an sich. So entstehen neue Strukturen, Nachbarschaften, Stadtviertel und ganze Dörfer mit ihren neuen fremden Gesetzen. Doch diese Entwicklung folgt nicht nur der bloßen Not, und sie ist nicht nur die Konsequenz einer komplett aus den Fugen geratenen Staatsgewalt. Das Auftreten der Eingedrungenen läßt sich nicht mehr befehligen und auch nicht mehr aushandeln. Sie fühlen sich um die Versprechungen betrogen, die man ihnen angeblich gemacht hatte.

Zeitgleich lanciert eine Flüchtlingsorganisation einen Aufruf an ihre Helfer. Die Flüchtlingskrise sei kein Kurzstreckenlauf, sondern ein Marathon. Das ganze erinnert an einen Generalstab, der längst nur noch mit Gespensterdivisionen operiert. Die geistlichen Hirten rufen zu Offenheit, Toleranz und Nächstenliebe auf. Der gesellschaftliche Frieden im Land könne nur erhalten bleiben, wenn sich „die Kultur der Integration" weiterentwickle. „Wir bitten Sie: Bleiben Sie engagiert. Lassen Sie sich von Problemen und Hindernissen nicht entmutigen!" Irgendwie bleibt mir das Lachen im Hals stecken.

Tagebuch-Eintragung

Es war mir in den vergangenen Tagen nicht möglich, etwas in dieses Tagebuch einzutragen. Zu groß waren meine Scham und mein Entsetzen über die unerträglichen Zustände im Land. Tagsüber herrscht noch einigermaßen Recht und Ordnung, falls man diese Begriffe in diesem Zusammenhang verwenden will. Die Menschen gehen zur Arbeit und machen ihre Besorgungen. Sie wirken apathisch und verängstigt. Ihre Gesichter sind fahl. Es ist eine eigenartige Blässe, die ich sonst noch nie beobachtet habe. Wie Gespenster huschen sie durch die Straßen, jenen Behausungen entgegen, in welchen sie sich sicher wähnen. Seit dem Krieg hat es das nicht mehr gegeben. Die ganze Stadt steht unter Schock. Nach Einbruch der Dämmerung traut sich niemand mehr vors Haus. Ich habe die gläserne Schiebetür zum Garten hin mit Brettern vernageln lassen, genauso wie die Fenster im ersten Stock. Auch tagsüber lebe ich so die meiste Zeit mit elektrischem Licht. Es ist ein Dahinvegetieren. Ich bin froh, daß ich niemandem Rechenschaft darüber ablegen muß, wie ich meine Zeit verbringe. In der Garage habe ich mehrere Paletten Konserven gestapelt, vor allem Dosensuppen, Wurst und Obst. Sollte sich die Lage weiter zuspitzen. kann ich mindestens einen Monat autark überleben. Außerdem bin ich seit zwei Wochen im Besitz einer Schußwaffe. Die *Walther CCP* hat ein Magazin für acht Patronen des Kalibers 9 mm. Es ist eine kompakte Waffe, die sich auch gut verdeckt tragen läßt. Ich habe sie auf dem Schwarzmarkt gekauft.

Es sind immer dieselbe Fragen, die mich umtreiben: Wie konnte das passieren? Wie konnte ein scheinbar intaktes Land innerhalb weniger Monate ohne entschlossenen Widerstand kollabieren? Was hatte das Gebälk der Gesellschaft insgeheim so morsch werden lassen? Sind fremde Interessen im Spiel, oder ist die Misere hausgemacht? Der Schatten der Zerstörung schwebte schon lange über uns. Wir haben sein destruktives Potential unterschätzt. Jetzt bricht er über uns herein. Was sich im Augenblick vor meinen Augen abspielt, war schon seit langem in den Denk- und Sprachmustern angelegt. Der Schuldbürger hatte gar keine Möglichkeit, das eigene Land zu verteidigen, da er mental das Eigene längst an Fremde überantwortet hatte. Es war eine naive Illusion gewesen, man könne sich durch Reparationen und Kasteiung einen Ablaß erkaufen. Der genialste Feldherr kann gegen den Feind nichts ausrichten, wenn der Wehrwille fehlt. Anders als unsere Väter- und Großvätergeneration waren wir auf die Ausnahmesituation nicht vorbereitet. Niemand hatte uns gewarnt, im Gegenteil. Der geistigen Überfremdung folgt nun der demographische Untergang. Die Sintflut an Fremden, die sich über uns ergießt, ist nichts anderes als der Spiegel unseres seelischen Verfalls. Vielleicht ist es dieses Bewußtsein der eigenen Erbärmlichkeit, das mich so schmerzt.

Traumaufzeichnung

Erster Traum: *Ein Quarantäne-Schein wird mir zugesandt.*

Zweiter Traum: *Ich rauche eine Zigarette. Die Rauchentwicklung ist so enorm, daß ich dicht in eine Wolke eingehüllt bin.*

Die Quarantäne verweist eindeutig auf meine gegenwärtige Isolation. Es gibt nur noch wenige Menschen, mit denen ich zu tun habe. Mit dem Rauchen habe ich vor Jahrzehnten aufgehört. Wahrscheinlich ist es eine Anspielung auf meine innere Unruhe und Angespanntheit.

Tagebuch-Eintragung

Hin und wieder stelle ich mir vor, alles sei nur ein Alptraum, aus dem ich dann endlich erwache. So ist es natürlich nicht. Träume sind naturgemäß flüchtig. Wenn man sich nicht mit ihnen beschäftigen will, sind sie im Nu abgeschüttelt und vergessen. Das ist der Unterschied zur Realität mit ihrer Unerbittlichkeit. Was man seit langem ahnte, manifestiert sich nun wie eine Apokalypse. Wenn man unsere Politiker wirklich verstehen wollte, dann bedurfte es der Fähigkeit, zwischen den Zeilen zu lesen. Ein aufmerksames Gehör konnte dann diesen bestimmten Mißton heraushören, wie bei einem nicht fachmännisch gestimmten Flügel. Es war immer nur eine kleine Nuance, etwa die Wahl eines unpassenden Begriffs für einen Anlaß oder in einigen Fällen nicht einmal das. Dann fehlte einfach eine Aussage, welche eigentlich an dieser Stelle hätte stehen sollen. Um es kurz zu machen: Was fehlte, war die Bereitschaft zur Anteilnahme, jener Ausdruck von Empathie, der einer spezifischen Solidarität eigen ist. Das soll nicht heißen, daß die politische Elite blutleer oder kaltherzig gewesen wäre. Im Gegenteil, auf internationalem Parkett war die Hilfsbereitschaft und Humanität der Herrschenden hoch angesehen. Aber sie galt eben nie dem eigenen Volk, welches durch seine Schuldhaftigkeit verunstaltet, nur als lästiges Vehikel einer niemals endenden Wiedergutmachung empfunden wurde. Dieser unausgesprochene Ekel auf die eigene Stammesgemeinschaft ließ sich keiner einzelnen Partei zuordnen. Er war längst Konsens im gesellschaftlichen System, vielleicht war er sogar dessen konstituierendes Gründungselement gewesen. Ich muß gestehen, daß ich diese Abscheu vor dem Eigenen unterschätzt habe. Nie hätte ich mir träumen lassen, zu welchem Haß auf seine eigenen Bürger dieser Staat fähig ist. Revolutionäre Despoten köpfen Monarchen, Tyrannen knechten ihre Untertanen bis aufs Blut, Diktatoren beuten Länder aus – doch diese Demokratie richtet ihre ganze Bösartigkeit gegen ihr eigenes Volk. Was ich gerade erlebe, ist die mutwillige Marginalisierung der eigenen Bevölkerung durch eine parlamentarisch legitimierte Obrigkeit. Nichts anderes als der Haß auf uns treibt sie an.

Tagebuch-Eintragung

Der Stillstand der gegenwärtigen Entwicklung ist fast noch bedrückender als die Lage selbst. Nirgendwo regt sich entschlossener Widerstand. Jeden Tag verlieren wir ein Stück Boden mehr unter den Füßen. Ein Regierungswechsel könnte unsere Probleme nicht mehr lösen. Manchmal schließe ich die Augen und flüchte mich in Phantasiewelten. Wenn Despoten Opfer der Verbitterung des Volkes werden, dann gleichen sie verunglückten Schlangenbeschwörern, die vergessen hatten, daß diese Reptilien giftig sind. Aber Szenen solcher Art sind zu weit hergeholt. Nach einer glaubhaften Vision, wie die beiden höchsten Repräsentanten des Staates abdanken, suche ich. Ich stelle mir die beiden vor dem Regierungssitz vor. Die Regierungschefin hält eine gewichtige Rede zur Lage des Landes, während das Staatsoberhaupt sich als Kulisse bescheidet, um Zusammenhalt zu symbolisieren. Ich sehe sie mit ihren sorgfältig gewählten Worthülsen und ihrer angelernten, immer noch ungeschickt wirkenden Körpersprache deutlich vor mir. Zuerst läuft alles wie geschmiert. Doch dann fällt einer der servilen Zuhörer aus der Rolle. Es ist keine Verschwörung. Vielmehr hält ein einzelner der Belastung nicht mehr stand. Einen Augenblick lang steht alles auf Messers Schneide. Der ungehaltene Zwischenruf könnte auch ungehört verhallen. Aber es kommt anders. Eine kritische Masse der Anwesenden erkennt, daß dies die letzte Gelegenheit ist, die Seiten zu wechseln. Ein Tumult entsteht, und Sicherheitskräfte schirmen die zwei Spitzenfunktionäre ab. Mein Kopfkino spult etwas nach vorn und ortet die beiden erneut auf dem Dach des imperialen Gebäudes. Das Dröhnen lauter werdender Rotoren blendet sich ein. Mit einer letzten Geste präsidialen Großmuts läßt der erste Mann des Staates der Dame den Vortritt, während der Anhang der Getreuen – just an diesem denkwürdigen Tag um seine üppigen Altersbezüge gebracht – sich gegenseitig in die Tiefe stürzt. Nur wenigen ist auf der Reise ins Exil ein Sitzplatz vergönnt. Den unberechenbaren Volkszorn im Nacken klammern sich die letzten Untertanen zappelnd an die Kufen der eilig abhebenden Fluggeräte.

Traumaufzeichnung

Erster Traum: *Ein Fleischgericht wird aufgetragen. Nach dem Verzehr frage ich nach der Art des Fleisches. Mir wird gesagt, es sei Pferdefleisch gewesen.*

Zweiter Traum: *Ein Skorpion hebt seinen Stachel über den Kopf.*

Dritter Traum: *Ein Kajak-Fahrer manövriert sich mit viel Geschick durch die Stromschnellen.*

Ich habe noch nie Pferdefleisch gegessen und mich stets davor geekelt. Der Verzehr von Dingen, welche gegen unsere Speisegewohnheiten verstoßen, verweist auf ungewöhnliche Handlungsoptionen. Wäre der Traum als Rat gemeint, so würde er mir empfehlen, mich auf einen Kampf jenseits der Sitten und Gepflogenheiten vorzubereiten. Ein Skorpion ähnelt dem Traumsymbol der Spinne, allerdings fehlt ihm der weibliche Aspekt. Das Kajak verweist auf eine gefährliche Entwicklung.

Tagebuch-Eintragung

Nachdem die Lage innenpolitisch immer mehr eskaliert und die Regierung meines Landes nun international weitgehend isoliert ist, hat sich wie ein deus ex machina das Osloer Komitee eingeschaltet und der Regierungschefin den Friedensnobelpreis verliehen. Die Auszeichnung erhält sie für ihren „Mut zur Menschlichkeit jenseits völkerrechtlicher Abmachungen", die Etablierung Europas als eines „Staatenbundes auf der Grundlage humanitärer Werte" sowie für die „wegweisende Auslegung der Flüchtlingscharta der Vereinten Nationen". Wenn man bedenkt, daß einem Gandhi die Auszeichnung nie zuerkannt wurde, einem Theodore Roosevelt hingegen schon, dann wundert einen der neueste Fehlentscheid nicht. Ich habe diese Frau lange unterschätzt und bin auf ihre niedliche Mädchenhaftigkeit sowie ihre zur Schau getragene Unbedarftheit hereingefallen. Jene, die vor ihr gewarnt hatten, habe ich nicht ernst genommen. Die Medien feiern sie seit langem als „Landesmutter". Mir war von Anfang an aufgefallen, daß diese Bezeichnung ein Mißgriff ist. Sie hat nichts Mütterliches an sich. Es ist eher der Habitus einer ältlichen Base, der ihr anhaftet. Vielleicht ist es gerade ihre Kinderlosigkeit, welche sie so skrupellos agieren läßt. Sie hat keine Erben und kann alles, was uns wichtig ist, für ein Linsengericht verscherbeln. Der von ihr mitverursachte Zivilisations-Abbruch läßt sie daher kalt. Ihr grenzenloser Ehrgeiz ist keiner Sitte und keinem Ethos verpflichtet. Die Dinge sind auf dem ganzen Kontinent aus dem Ruder gelaufen. Die Staatsmacht wird durch die Verleihung etwas Aufschub gewinnen, mehr nicht. Nacht für Nacht legen die fremden Horden in unseren Städten Brände, plündern die Geschäfte und mißhandeln die Bürger, die ihnen in die Hände fallen. Das staatliche Gewaltmonopol besteht nicht mehr. Es haben sich Bürgerwehren gebildet, allerdings sind sie schlecht bewaffnet und zahlenmäßig unterlegen. Auch in dieser Hinsicht hat sich die Bevölkerung viel zu spät zum Widerstand gegen einen Feind entschlossen, der von Anfang an nichts zu verlieren hatte. Die Brutalität der Eindringlinge kennt keine Grenzen. Weder Frauen noch Kinder werden geschont. Es ist ein Vernichtungskrieg. Die Landnahme vollzieht sich mit Feuer und Schwert. Flüchtlingsstrecks verstopfen zwischen den Städten die Straßen. In einzelnen Regionen ist die Wirtschaft, der Verkehr und der Handel zum Erliegen gekommen.

Als ich vor einigen Wochen meine Kinder traf, war ich nach dem Abschied sehr niedergeschlagen. Ich wußte zuerst nicht wirklich, woran das lag. Dann wurde mir klar, daß es ihre Unbekümmertheit war, die mich schwermütig machte. Sie waren ungerechter- und unverschuldeterweise in eine Zeit geworfen, die diese jugendliche Unbeschwertheit nicht duldete. Wahrscheinlich werden sie schon bald selbst Flüchtlinge sein. Echte Flüchtlinge, während das Osloer Komitee längst andere Kandidaten kürt.

Traumaufzeichnung

Traum: *In einer eher kargen Landschaft mit Farnen und Gräsern taucht unvermittelt ein Dinosaurier auf.*

Ich wache verschreckt auf. Es haben sich Verbindungen zu sehr tiefen und weit zurückliegenden Schichten meines Bewußtseins geknüpft.

Tagebuch-Eintragung

So einfach gestrickt auch jeder einzelne der Eindringlinge sein mag, im Schwarm erzeugen sie aufgrund ihrer Selbstorganisation und ihres Reaktionsrepertoirs eine Art kollektiver Intelligenz, mit welcher sie uns immer weiter in die Enge treiben. Wenn wir einzelnen von ihnen gegenüberstehen, sind es jämmerliche Gestalten, ungepflegt und von einer primitiven Gier nach unserem Besitz und unseren Körpern getrieben. In der Masse jedoch stehen sie diszipliniert auf ihren Posten und bilden einen großen Organismus, dem wir mit unserer Individualität unterlegen sind. Das war von Anbeginn an unser entscheidender Fehler. Wir hatten unser Augenmerk auf den individuellen Menschen gerichtet: sein erfahrenes Leid, die Strapazen seiner vermeintlichen Flucht, die Gewalt, die ihm in Zukunft drohte, seine verbürgten Ansprüche auf unsere Hilfe, sein Leistungspotential für unsere Gesellschaft. Gleichzeitig hatten wir ganz und gar die Gruppe als Ganzes aus dem Blick verloren. Wir sahen im sprichwörtlichen Sinne den Wald vor lauter Bäumen nicht mehr. Und wir machten einen weiteren Fehler. Wir gingen fälschlicherweise davon aus, daß diese Flüchtlinge, die nie welche waren, uns genauso wahrnehmen würden wie wir sie: dankbar, respektvoll und ehrlich. Das waren zwei sehr schwere Irrtümer. Wir zahlen jetzt einen immens hohen Preis. Mögen es die besten von uns sein, die dieses Inferno überleben. Mir ist nach den Erlebnissen der vergangenen Tage klar geworden, daß es für uns nicht möglich sein wird, einen gerechten Kampf zu führen. Ich habe an einer einfachen Metapher Gefallen gefunden, mit welcher ich diese Situation zu erklären versuche.

Man stelle sich eine umzäunte Weide mit Schafen vor. Durch das offene Gatter dringt ein Rudel Wölfe ein, welche ein Schaf nach dem anderen reißen. Es ist nicht schwierig zu verstehen: Wir sind die Schafe und die Invasoren die Wölfe. Natürlich ist der verantwortungslose Schäfer der Hauptschuldige, denn er hat den Wölfen das Gatter geöffnet. Trotzdem hört deshalb der Wolf nicht auf, ein Wolf zu sein. Wir spüren die Wand im Rücken.

Tagebuch-Eintragung

Wir haben uns im Bowling-Center verabredet. Die Bahnen sind um diese frühe Uhrzeit nur spärlich besetzt. Gegen eine geringfügige Gebühr miete ich ein Paar jener Sportschuhe, die zum Schutz des Parketts vorgeschrieben sind. Zur Begrüßung genügt ein Kopfnicken, dann schaltet Tomàsz unsere Bahn per Knopfdruck frei. Die ersten Minuten spielen wir, ohne zu reden. Dann frage ich Tomàsz nach den Zielen des *Komitees der Zugehörigen*.
„Eigentlich betrachten wir uns nicht als Revolutionäre. Wir wollen keiner bestimmten Idee zum Sieg verhelfen. Es geht nicht um einen Umsturz oder eine bessere Welt."
Eigentlich hatte ich den Begriff „Revolution" in meiner Frage gar nicht verwendet. Ich wundere mich darüber, daß er die Frage auf diese Art beantwortet, ohne konkret zu werden.
Aya mischt sich ein. Die Bowling-Kugel wirkt in der Hand dieser feingliedrigen Frau überdimensioniert.
„Wir wissen nicht genau, was wir wollen, aber wir wissen, was wir nicht wollen. Wir haben auch keine gemeinsamen ideologischen Wurzeln. Dessen sind wir uns selbst bewußt."
Die Kugel driftet nach dem Wurf ab und wirft nur drei der seitlichen Kegel um.
„Es gibt kein Manifest", fügt sie hinzu. „Wir werden eines Tages ergründen, was angesichts des dann noch Bestehenden machbar ist."

Es tönt eigenartig, wie die beiden über das *Komitee* sprechen. Wenig scheint festgelegt zu sein, und das wird nicht als Nachteil empfunden. Tamàsz sieht mich ernst an.

„Die Eliten regieren gegen das eigene Volk. Tatsächlich tun sie das schon seit Jahrzehnten, aber jetzt versuchen sie, unumkehrbare Fakten zu schaffen. In der Bevölkerung herrscht ein hohes amorphes Potential an Unmut, aber es fehlen die Strukturen zum Widerstand aus der Mitte heraus. Wir müssen die Funktionsträger, die für diese Apokalypse verantwortlich sind, auswechseln. Es geht nicht anders."

„Wie auswechseln?" frage ich.

„Wir müssen sie eliminieren", antwortet Aya kurz und knapp.

„Wenn wir den Kampf auf diese Art führen, werden wir nie die Mitte der Gesellschaft erreichen", gebe ich zu bedenken.

„Betrachte die Dinge jakobinisch", entgegnet Tamàsz. „Der größte Teil der Bevölkerung besteht aus Opportunisten. Es klingt nicht besonders schmeichelhaft, aber die Mehrheit wird immer von den Herdentieren und den Anpassern gestellt. Sie ordnen sich in jede neuen Staatsform ein und auf Geheiß auch unter. Mögen sie heute auch mit noch so bereitwilliger Ergebenheit den Potentaten dienen, so haben sie in Wirklichkeit schon ihre armseligen Koffer gepackt, um im Fall der Fälle die Lager zu wechseln. Das war immer so und wird sich auch nie ändern. Es spielt keine Rolle, was die neue Regierung begründet. Ob Putsch oder Königsmord, ihre stets nie ganz verläßliche Loyalität wird den nächsten Regenten sicher sein."

Es ist nicht mein Tag, wenigstens was das Bowling angeht. Was auch immer – Schadzauber oder die Gesetze der Mechanik – irgendetwas läßt meine Würfe von der Bahn abkommen. Wiederholt heben und senken sich die Kegel automatisch, ohne daß einer von ihnen gefallen wäre.

„Wie viele Mitglieder hat das *Komitee*?" will ich wissen.

„Davon haben wir keine Kenntnis. Wir beiden sind nur eine einzelne, lose vernetzte Zelle. Das macht es für die Machthaber sehr schwer, uns zu bekämpfen."

Die Nachbarbahn ist jetzt von einer Gruppe junger Menschen belegt. Wahrscheinlich sind es auch nur Amateure, aber sie spielen wesentlich besser als wir und betrachten das ganze mit sportlichem Ehrgeiz. Einer von ihnen beschwert sich bei Aya, daß wir gegen die Hausordnung verstoßen, weil wir uns nach den Würfen angeblich zu lange im vorderen Teil der Bahn aufhalten. Er macht sich unnötig wichtig. Man könnte das alles auch freundlicher sagen. Ich versuche, ihn zu beruhigen, weise jedoch auch höflich darauf hin, daß heute kein offizieller Wettkampftag ist.

„Habt ihr in eurem Leben schon einmal einen Menschen", ich zögere etwas, „eliminiert?"

„Ich nicht", sagt Tamàsz.

Aya schweigt.

„Es ist jetzt an der Zeit, daß Du Dich entscheidest, Paul", mahnt Tamàsz. „Du wirst dann mit Aya zusammenarbeiten. Mich wirst Du wahrscheinlich nicht wieder treffen."

„Werde ich meine Kinder jemals wiedersehen, wenn ich mich Euch anschließe?"

„Nein, Du wirst Dein bisheriges Leben unwiderruflich hinter Dir lassen."

Die Gruppe neben uns bekommt auf eigenen Wunsch eine neue Bahn zugewiesen. Sie sind jetzt weit von uns entfernt, und ich bin erleichtert.

„Was wird aus meinem Land werden?"

„Auch das wissen wir nicht. Wir versprechen nichts, das wir am Ende nicht halten können. So wie es steht, wäre eine Sezession ein Erfolg. Aus diesem Landesteil könnte dann in ferner Zukunft eine Reconquista erfolgen."

Tagebuch-Eintragung

Ich habe meine Entscheidung getroffen. Tomàsz, Aya und ich kamen heute zum letzten Mal zusammen. Als Treffpunkt haben wir ein Museum gewählt. Die beiden stehen stumm vor einem großformatigen Gemälde des Abstrakten Expressionismus. Der amerikanischen Künstlerin ist eine große Ausstellung gewidmet worden. Ich kann in der Bildsprache der hingeworfenen Kleckse, verwischten Schattierungen und Formen ohne Kalkül keine Poesie erkennen. *Ohne Titel* steht auf dem kleinen Schild an der Seite. Mir wäre zu diesem Werk auch keiner eingefallen. Ich gehe mit Aya ein paar Schritte zur Seite. Meine Stimmung ist schwermütig.

„Da ist immer wieder dieser Tagtraum. Er hat mit Personen aus meiner Kindheit zu tun. Manche von ihnen waren Verwandte, anderen bin ich auf ganz unterschiedliche Weise als Menschen meines Vertrauens begegnet. Sie alle verbindet, daß jeder von ihnen mir auf seine Weise etwas mitzuteilen versuchte, das unendlich schwer zu verstehen war. Sie nutzten dafür unterschiedliche Situationen. Der eine sprach in einem stillen Moment nachdenklich von der Flucht, der Nächste von den Nächten des Großen Brandes oder der Erinnerung an den gefallenen Bruder. Diese Menschen konnten sehr traurig klingen oder ihre Gefühle einfach überspielen, zum Beispiel indem sie mir im selben Augenblick einen dicken Kuß auf die Wange gaben oder mich spontan auf den Arm nahmen. Ich kann mich nicht erinnern, daß ich je etwas auf diese Worte geantwortet hätte oder eine Frage dazu gestellt hätte. Wenn ich heute zurückdenke, dann war ich jeweils mit etwas anderem sehr beschäftigt gewesen. Dennoch weiß ich noch heute jedes ihrer Worte. Nachdem ich erwachsen geworden war, hat mich niemand mehr so angesprochen. Es hat sehr lange gedauert, bis ich begriff, daß mir alle, auf ihre ganz eigene Art, dasselbe sagen wollten. Und manchmal, wenn ich die Augen schließe, verschwinden diese Personen am Ende eines gotischen Kreuzgewölbes. Auch wenn ich ihnen zurufen würde, so könnte mich keiner von ihnen hören. Ich habe das Gefühl, daß jeder von ihnen mit sich im Reinen ist, und daß sie jetzt für immer von uns gehen."

„Sie gehen, weil sie ihren Auftrag erfüllt haben", sagt Aya. „Es gibt nichts mehr für sie zu tun. Du hast verstanden, was sie Dir sagen wollten. Da ist kein Grund, traurig zu sein."

„Die Geschichte geht über die Individuen hinweg", mischt sich Tamás ein. „Sie verläuft nicht linear, und sie ist langfristig kaum extrapolierbar. Es hat immer Charismatiker, radikale Parteien oder einflußreiche Organisationen gegeben, welche versuchten, ein Weltbild unumkehrbar zu etablieren. Sie haben alle Spuren hinterlassen, aber keiner von ihnen hat vollumfänglich reüssiert. Auch das Regime, dem wir heutzutage unterworfen sind, ist endlich. Die Bereitschaft zum Widerstand ist sehr groß. Wir müssen ihn nur organisieren."

Wir bleiben vor einem Bild stehen, das genauso nichtssagend erscheint wie das vorige. Es hat ebenfalls keinen Titel.

„Diese plötzliche Eskalation der Lawine, war sie geplant? Manche behaupten, die Obrigkeit hätte diese Entwicklung bewußt herbeigeführt, um den Herrschaftsapparat zu destabilisieren und durch ein offen totalitäres System zu ersetzen."

„Wir halten diese Behauptung für unzutreffend", antwortete Tamás. „Tatsächlich hat die Regierung die Flut mit unüberlegten Parolen und ungeschickten außenpolitischen Entscheidungen selbst beschleunigt. Das war kein kluger Schachzug. Jener ideologische Flügel, der die Abschaffung des eigenen Volkes so leidenschaftlich vorantrieb, stieß in dieser speziellen historischen Situation auf eine willfährige Bürokratie, welche sich zur Durchführung des Programms bereit erklärte. Unterstützt wurden beide durch eine korrupte Medienelite."

„Wir sind froh über diese sich überstürzende Entwicklung", meinte Aya. „Es gab ein zweites Szenario für den Großen Austausch. Ein langsames demographisches Ausbluten hätte zwar länger gedauert, aber kaum die Gelegenheit zum Widerstand hervor gebracht. Wir leben nun in einer Zeit des Vorbürgerkrieges."

Ich schlage vor, einen Kaffee trinken zu gehen. Diese Kunstrichtung liegt mir überhaupt nicht.

„In nicht allzu ferner Zukunft wird sich uns ein Kairos auftun", meint Tamàsz. Als er bemerkt, daß ich mit dem Begriff nichts anfangen kann, fügt er hinzu: „Die geschichtlichen Kräfte werden sich an einem bestimmten Zeitpunkt verdichten und eine epochale Gelegenheit bieten, den Konflikt zu entscheiden."

„Soll Paul jetzt etwa gleich an zwei griechische Götter der Zeit glauben?" wirft Aya verständnislos ein.

„Chronos und Kairos", versucht Tamás zu erklären, aber ich winke ab. Mir ist schon lange nicht mehr nach humanistischen Höhenflügen.

Tagebuch-Eintragung

Am Ende des Versuchs, eine gesamte Zivilisation in die Unwahrhaftigkeit zu verbannen und damit ein demographisches Experiment ungekannten Ausmaßes zu verbinden, hat unsere politische Führung ihre Sprache verloren. Ich meine dies nicht im Sinne eines selektiven Mutismus oder dissoziativer Bewegungsstörungen. Vielmehr ist die Zeit über sie hinweggegangen. Die Vergangenheit kann gnädig sein. In diesem Fall verwahrt sie das Individuum behutsam und meist nachsichtig, mit all seinen Unzulänglichkeiten und Vorzügen, Widersprüchen sowie Eskapaden, in dessen geschichtlicher Phase. Auch wenn da und dort etwas rätselhaft erscheinen mag und die Moden sich gewandelt haben, bleibt die Person doch erklärbar. Auf unsere Staatsführer und ihre Paladine in den Medien trifft diese Beschreibung nicht zu. Im eigentlichen Sinne gehören sie auch noch nicht zur Historie. Sie sind nur grandios gescheitert und haben es selbst noch nicht begriffen. Wie Untote aus anspruchslosen Filmproduktionen wenden sie sich mit ihren rhetorischen Vogelscheuchen, entgleisten Gesten und nunmehr grotesk wirkenden Phrasen an den fassungslosen Bürger. Das medienwirksam kalkulierte Gesicht gerinnt zur ungeheuerlichen Fratze. Etwas ist endgültig aus dem Ruder gelaufen. Keiner will den fauligen Atem ihrer zerstörerischen Gefühlsduselei weiter küssen. Der mißglückte Wunsch, von anderen geliebt zu werden, die verzweifelte Sehnsucht nach einem Verzeihen hatte sich bisher hinter der Fassade moralischer Vorbildlichkeit verborgen. Nun fällt der Schleier, und die fehlgeschlagene Güte versucht, krankhaft verzerrt, alles mit sich in den Abgrund zu reißen, was es zu fassen kriegt.

Tagebuch-Eintragung

Ich besuchte heute zum letzten Mal meine ehemalige Praxis. Den von der Polizei größtenteils mutwillig verwüsteten Raum, in dem ich früher arbeitete, betrat ich nicht mehr. Stattdessen stand ich lange vor meinem Universitätsabschluß, welchen ich rahmen und ganz bewußt unmittelbar vor die Tür des Konsultationszimmers hängen ließ. Der Zweck bestand darin, dem Patienten vor der Sitzung meine Kompetenz ins Gedächtnis zu rufen und dadurch jenes eigentümliche Machtgefälle der Analyse herzustellen, welches mir erlaubte, den Betreffenden zu seinem eigenen Wohle umzuprogrammieren, ohne daß er dies bewußt erlauben muß. Mir wurde klar, daß jene bürgerlichen Tugenden, welche wir auf unserem Weg durch die Bildungsinstitutionen erlernen, sofern sie uns nicht schon von Natur aus eigen waren, nicht per se von Wert sind. Die Höflichkeit, die selbstauferlegte Beschränkung auf den verbalen Streit, die Zurückhaltung im wechselseitigen Umgang, der Respekt vor dem Gesetz, die Achtung der Würde des anderen, der Konsens auf eine parlamentarische Willensbildung, um nur einige wenige Aspekte dieser gesellschaftlichen Domestizierung zu benennen, bedeutet auch – ohne daß uns dies bewußt ist – den Verzicht auf einen Teil unserer Wehrhaftigkeit. Wir machen uns in jenem Moment verletzbar, wenn Fremde sich zu uns gesellen, welchen jene Beißhemmung der Zivilisation fehlt und unser Staat sie nicht dafür sanktioniert. Im Land hatte sich immer mehr das Gesetz der Steppe breit gemacht, und die Verbitterung der Geschädigten richtete sich gegen die Zuwanderer. Aber eigentlich war es der Staat gewesen, der den Kontrakt mit seinem Staatsvolk aufgekündigt hatte. Und jetzt, ganz plötzlich, ist es dieses Volk, das sich von sämtlichen Verpflichtungen entbunden sieht. Es ist nicht länger bereit, mit jenen zu teilen, die weder willens noch befähigt sind, etwas beizutragen. Es will nicht weiter zusammenzurücken und sich der Willkür preiszugeben. Es verweigert sich seines stillschweigenden Austauschs. Vielmehr besinnt es sich auf seine eigenen Urinstinkte zurück und damit auf die Bereitschaft zum Kampf. Ich nehme vorsichtig die Urkunde von der Wand und werfe einen letzten Blick darauf. Dann drehe ich den Rahmen um und hänge ihn wieder zurück, so daß ich vor der hölzernen Rückseite stehe.

Ich werde von nun an nicht länger als höflicher Claqueur vor den falschen Fassaden eines Palastes stehen, in dessen Kellerverliesen einem ganzen Volk die Haut abgezogen wird. Es gibt von heute an kein Pardon mehr und keine Neutralität, keine Verhandlungen und keine Konvention. Der Widerstand ist absolut. Ich werde nicht weiter nach der individuellen Schuld einer Person fragen, sondern nur noch danach, auf welcher Seite sie steht, denn vom Feind ist weder Recht noch Menschlichkeit zu erwarten.

Zeitfracht Medien GmbH
Ferdinand-Jühlke-Straße 7
99095 Erfurt, Deutschland
produktsicherheit@kolibri360.de